THE SHADOW OUT OF TIME
超越时间之影

长篇克苏鲁神话
图像小说

LOVECRAFT · CULBARD

［美］H. P. 洛夫克拉夫特 著
［英］I. N. J. 卡尔巴德 绘
竹子 译

北京时代华文书局

阿卡姆
ARKHAM

前言

创作于 1934 年到 1935 年的《超越时间之影》是 H.P. 洛夫克拉夫特生前最后一篇长篇小说。由于一贯的自我否定心理作祟，该故事的最终版本并没有让作者感到满意。但是，这篇小说仍然于 1936 年 6 月首次发表在了《惊天传奇》上，而且随着时间的推移，它已被人们视为经典的怪奇故事作品之一。

小说跨越了无比宽广的时空，讲述了纳撒尼尔·皮斯利——一个在阿卡姆城那座恶名昭彰的密斯卡托尼克大学里工作的教授——试图解开自己患上失忆症的五年里所留下的谜团。在早期"神话"故事《克苏鲁的呼唤》以及《疯狂山脉》的基础上，《超越时间之影》巩固了洛夫克拉夫特的核心主题：揭示宇宙的真相，展现人类在面对远古力量的入侵时是如何渺小无力，以及重新评估我们在整个宇宙中的位置。随着令人难以置信的真相逐步揭露，我们的英雄——以及读者本身——逐渐沉浸在了不惜一切代价也要追寻知识的奇异旅程中。但它真的曾经发生过吗？

故事中的主角皮斯利是洛夫克拉夫特笔下最让人喜欢的角色之一——他被一股冲动牵引着去探索并理解那些无法想象的事情，与此同时，在极度的精神压力下仍旧保持着人性的温暖与对儿子的爱。

卡尔巴德的生动改编完美地捕捉到了皮斯利在二十二年的调查生涯里经历过的冒险与体验到的神秘氛围，让故事保持着一个紧绷的节奏，为读者留下了一个意味深长的结局，同时也让读者明白了《超越时间之影》为何至今仍然被认为是此类故事中最为引人入胜的作品之一。

二十二年来，我一直生活在噩梦与恐惧中。而在1935年7月17日到18日的夜间，我觉得我在澳大利亚西部发现了一些东西，但我并不愿意担保这件事情是真实的。

我有理由希望自己的经历只是一场噩梦。但它真实得令人毛骨悚然,因此我有时候觉得事情不会如我所愿。

你,我的儿子,你是我唯一的希望。

如果这一切真的发生了,那么人类必须准备好接受一些关于宇宙的全新看法,以及我们在这个宇宙中的真实处境。这将会让我们呆若木鸡。此外,我们也必须防范某些潜伏着的威胁,它们将会给我们中的某些人带来可怕的恐怖经历。

我独自一人发现了那一切。运气以及那些移动的沙丘使得其他人没能找到我所见到的东西。

而且到目前为止,我没对任何人提起过这件事。

而今，我在回家的轮船船舱里写下了这些文字。

整件事情——起码我能清晰分辨的部分——是这样的……

我非常清楚，而且始终毫不怀疑地明白，我是纳撒尼尔·温盖特·皮斯利。

我是乔纳森·皮斯利与汉娜·（温盖特）皮斯利的儿子，在黑弗里尔市出生，并在那里上学。

在我十八岁那年——1889年，我考入了密斯卡托尼克大学。

毕业后，我进入哈佛大学研究经济学，并在1895年返回密斯卡托尼克大学成为了一名政治经济学讲师。

划啊，划啊，划小船，顺着溪儿慢慢淌；乐啊，乐啊，乐开花，生活好像梦中花。

1896年，我娶了你的母亲，来自黑弗里尔的艾丽斯·吉泽尔。然后在1900年，你出生了。

1898年，我当上了副教授，然后在1902年被提拔成了教授。

→37↘

我的家族没有任何疯狂或邪恶的历史，而我本人也对神秘主义与病态心理学没有一丁点儿的兴趣——鉴于我在阿卡姆这座逐渐衰落、流言盛行的城市里遭遇的突发变故，这是一个非常重要的细节。

1908年5月14日，星期四，我患上了一种奇怪的健忘症。但这一病症并不是无法治愈的，我待会儿会提到这一点……
你忘记带上你的书了，亲爱的。
是的，是的。
你还好吗？
我……还好，没事。
不过，我要迟到了。
为什么我总是迟到？

啊！

噢，天哪！

你还好吗，教授？

还好，我……我的头……有点儿痛……喝杯水，我就会好了。

那时候，我产生了一种奇怪的感觉，就好像有人正在试图占据我的思想。

> 灾难发生在上午大约10点20分的时候,当时我正在给学生讲授政治经济学。

噢!

我的学生发现事情好像非常不对劲儿……

他在干什么？

教授？

我陷入了昏迷，而且直到十六个半小时后才再度爬起来。

然而，对我而言，恢复正常，再度见到我们世界的阳光时，已经是很久之后的事情了。

铃—铃—铃—铃—铃

喂?

我是威尔逊医生。

请问……

威尔逊医生？
是的，你好，巴尼。我接到一个电话……
他的呼吸不太规律，你到这里的时候他就这样了吗？
是的。房门开着。
你知道是谁打的电话吗？
外国人口音。他没说自己的名字。
我整晚都在巡逻，11 点的时候碰巧从这附近路过，看见一个皮肤黝黑、身材很瘦、外国人模样的男人进了房子。他是开汽车来的。
房子里的灯一直亮到凌晨 2 点 15 分。汽车一直到 4 点才离开。也许是那名访客打的电话。
是从一个公共电话亭打过来的。听声音像在火车站，不是这附近。
好吧，没有闯入的迹象。
这里曾摆过什么东西，但是被拿走了。

噢……

那……

纳撒尼尔？！

"……那个时期的正统的经济学家，以杰文斯为代表，普遍想要将经济周期与科学理论联系起来。他试图证明经济周期中的繁荣和衰退与太阳黑子的物理周期有关，也许活动的高峰意味着……"

哦，老天啊！威尔逊医生！你……在这里……做什么？

你能恢复真是太好了。

我想事情都会好起来的，巴尼。谢谢你。

好吧，现在，我……

放宽心，事情有什么进展我会通知你的。皮斯利教授是我的病人。
好极了，医生。
丢失五年带来的问题麻烦得超过你的想象，你这种情况，有无数的事情需要调整……
五……五年？我不明白……
纳撒尼尔……你在 1908 年 5 月 14 日上经济学课的时候昏迷了……
是星期四。
那天是的。今天是 1913 年 9 月 27 日，星期六。
你在说什么？为什么我在这里？
我觉得没有什么简单的办法能解释……
艾丽斯在哪儿？温盖特呢？发生了什么事？
仔细听我说，纳撒尼尔。非常、非常仔细地听我说。

“1908年5月14日，你在上课的时候突然精神崩溃了。你摔倒在地，并且在一段时间里一直都不省人事。”
5月15日，凌晨3点
咕……呼……喀啦……
纳撒尼尔？
不，是我，艾丽斯。你能听到我说话吗？噢，天哪！
医生！
快来啊！
刚才他睁开了眼睛，然后开始说话。有些不对劲儿。他在说胡话。还有他的脸，你看他的脸。

纳撒尼尔？你记得我，对吗？我是你的医生，威尔逊医生。
你记得艾丽斯吗？你的妻子？
纳撒尼尔，你能说话吗？
或者你可以给我个信号，让我知道你能听懂我的话。
皮斯利夫人，把孩子带过来。
这个时候？我不想让他看见他的——看见纳撒尼尔这个样子，我——
皮斯利夫人，拜托了。

“……把孩子带过来。”
你记得温盖特，对吧？
温……基……特……
他是你儿子，纳撒尼尔。你儿子。你记得，对吗？
记……得，是……的，是……的。
划啊，划啊，划小船，顺着溪儿慢慢淌……

"虽然你的精神恢复了正常，但你需要重新学习如何使用你的四肢。"

"你仍然需要接受严格的医学观察。"

"你承认自己患上了失忆症，对自己的身份一无所知，此外，你还对历史、科学、艺术、语言以及民俗知识表现出了强烈的兴趣……"

"很多人都觉得你在谈论知识与未来的时候，会展现出一种令人不安的态度。"

"你就像是一个勤奋的、来自遥远异国的旅行者，对一切充满了好奇。"

"在被允许进入大学图书馆后，你几乎把所有的时间都花在了那里。"

"然后，你又开始安排一些奇怪的旅行，并在美国与欧洲的大学参加一些特殊的课程。"

"你的案例得到心理学界的一些关注，这让你得到了许多学习交流的机会。"

"你被当成了一个用来研究第二人格的典型案例。"

你说奇怪的旅行？

是的，你获得了使用自己研究经费的权力。

"1909年，你在喜马拉雅山区待了一个月。"

"1911年，你骑着骆驼去了阿拉伯沙漠中的一些未知区域。"

"1912年的夏天，你还租了一艘船前往北极，斯匹次卑尔根岛以北的地方，回来的时候显得特别失望。"

我进行这些探险是为了什么？

我不知道，你当时很显然不想给出任何形式的说明。

"大学的图书馆长……"

"阿米蒂奇。"

"他说你在阅读与独立研究时的效率令人叹为观止。"

"他曾经非常惊异地看见你一面以最快的速度翻阅书页,一面匆匆扫过上面的内容,然后就完完全全地掌握了整本书的内容。"

"你阅读的那些书籍引发了一些丑化你的报道,那些报道宣称你与各式各样的神秘学组织的领袖有密切来往。"

"1913年的夏天，你向许多合作伙伴暗示自己身上会发生一些事情，说自己很快就会开始记起早前的记忆。

"大概在8月中旬的时候，你重新启用了这座已经尘封了很久的房子。"

"根据你管家的说法，你组装了一台机器，一个由杆子、轮子与镜子混合成的东西，但只有两英尺高。中央的那面镜子是圆形的凸面镜。"

昨天夜里，你遣走了仆人。晚些时候，有个外国来的绅士拜访了你。然后我就收到了一个神秘的电话，电话里的人让我来照料你。

威尔逊医生，他们在哪儿？我的家人在哪儿？

“你的模样还有言语有些奇怪……让人感到不安，你的家人也不例外。”
乐啊，乐啊，乐开花，生活好像梦中花。
不！离他远点儿！
那不是我的丈夫……上帝，我的上帝。
温……基……特！
我说了，离他远点儿！

“你的儿子不知为何似乎能够克服那些因为你的变化而产生的恐惧与厌恶情绪。”
“他那时候只有八岁，却一直相信真正的你有一天会回来。”
父亲！
现在你回来了。
你必须好好休息。
等你好好睡一觉后，我们可以再详细地说一说。
听说了我在1908年后的各种举动，我感到震惊与不安。
我试着尽可能理性地看待整件事情。

学习重新开始普通生活是一个充满困难的痛苦过程。
啪
你在做什么？
你是谁？
好吧？怎么了？你往我家的窗户扔石头干什么？我要……
你……
温盖特？

儿子！你在这里做什么？你母亲，她——

她嫁给了克莱门茨先生。

我觉得他不太喜欢我，不过对我来说正好。

快过来。

你回来了！

是的，我回来了，我就在这里。

当我想办法重新赢回监护权后，我们两个就在克兰街的房子里住下来。之后不久，我再度开始教书。

我于1914年2月那个学期开始工作,并且干了整整一年,直到那些梦境与不安的感觉降临到了我的身上……

啊!!

1915年10月

那些梦——那些奇怪的念头快要把我逼疯了。

战争的爆发,例如……我发现自己在思考一些最为古怪的事情。

我对于时间的概念似乎……被扰乱了。过去、现在、将来……

我发现自己在用最为奇怪的方式思考问题。

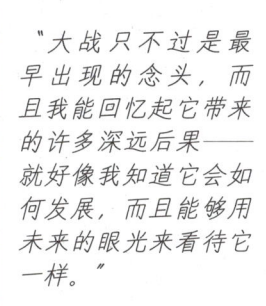

"大战只不过是最早出现的念头，而且我能回忆起它带来的许多深远后果——就好像我知道它会如何发展，而且能够用未来的眼光来看待它一样。"

"感觉我的记忆触碰到了某些阻碍——一种存在于思想中的壁垒。"

"那种痛苦令人恐惧。"

我的脑子里有什么东西在尝试掐灭这些奇怪的想法，它想要把它们都藏起来。我不知道那是什么……我唯一能确定的就是，一些黑暗的记忆正在我脑子的空白里滋生。

这还只是我清醒时的念头……而我的梦……天哪……

"刚开始，我梦见的东西只是有些奇怪，并不可怕。"

"我似乎在一个有穹顶的巨大房间里。"

"虽然我不敢靠近窗户向外张望，但我能透过窗户看见一些奇怪蕨类植物的顶端在轻轻摇晃。"

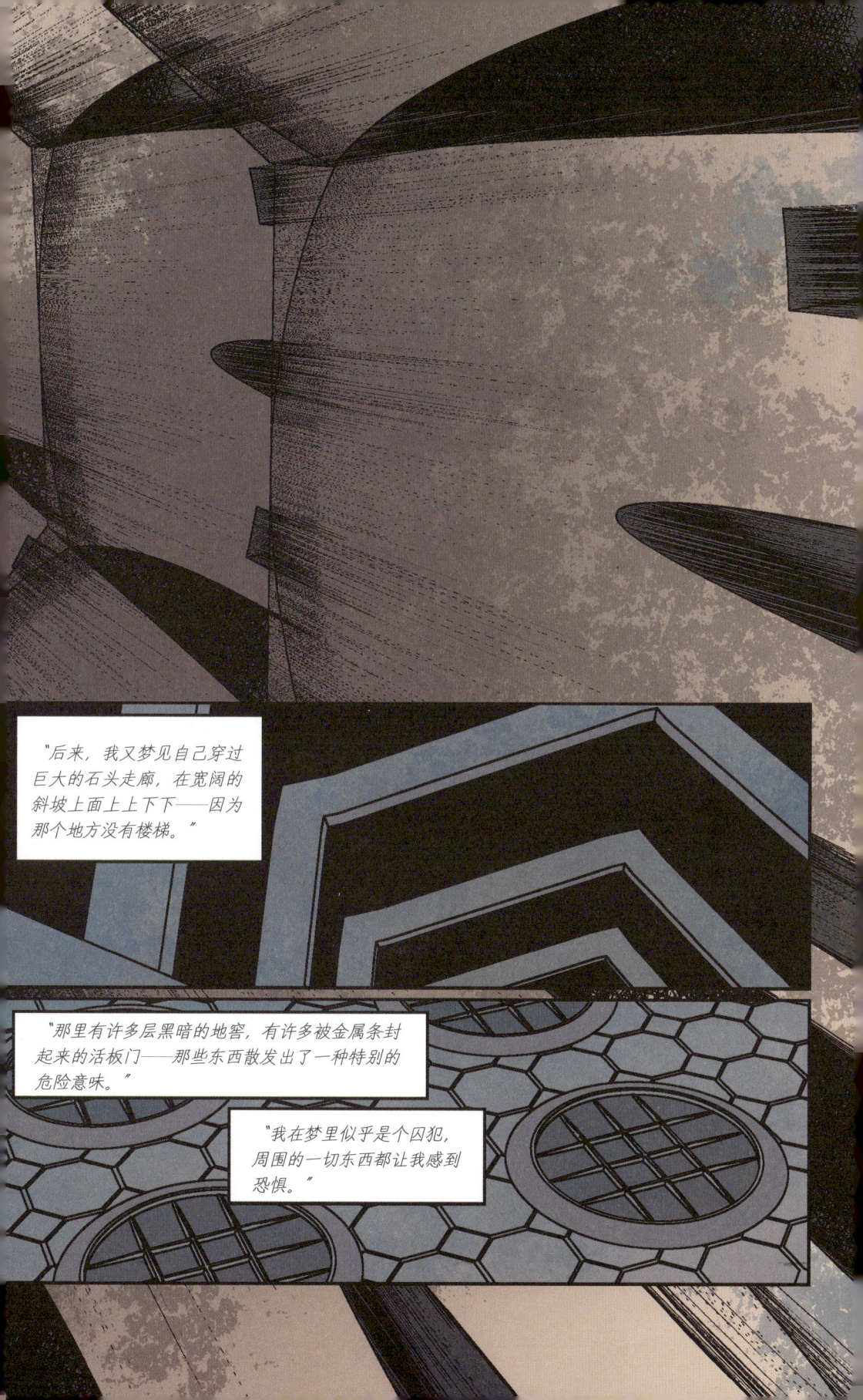

"后来,我又梦见自己穿过巨大的石头走廊,在宽阔的斜坡上面上上下下——因为那个地方没有楼梯。"

"那里有许多层黑暗的地窖,有许多被金属条封起来的活板门——那些东西散发出了一种特别的危险意味。"

"我在梦里似乎是个囚犯,周围的一切东西都让我感到恐惧。"

"再后来，我梦见自己开始透过早前梦见的那些巨大圆窗向外张望……"

"那里似乎有移动的痕迹……"

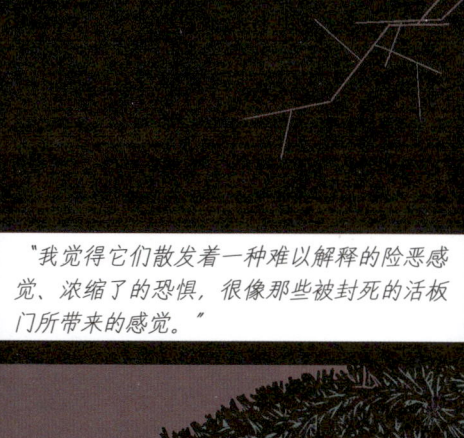

"在某些地方，我看见没有窗户的巍峨的黑色巨塔。它们历经无数岁月的侵蚀，已经变得摇摇欲坠了。"

"我觉得它们散发着一种难以解释的险恶感觉、浓缩了的恐惧，很像那些被封死的活板门所带来的感觉。"

"那些花园奇异得几乎令人恐惧。"

"天空大多数时候都弥漫着浓雾与云层。偶尔,我会看到从未见过的倾盆大雨。"

"在晚上,我可以看见几乎无法辨认的星空。凭借着一些粗略的类似星辰排列,我觉得自己肯定在南半球,而且是在南回归线附近。"

"我能看见城市外绵延着巨大的丛林。"

"又过了一些时候,我梦见自己飘浮着飞过城市的城墙,开始在周围的区域探索。"

"一些巨大的、不成形的阴影在海洋上移动着。"

我敢肯定有许多人做过更加离奇的梦……但我从来都不是做怪梦的人。
假设我根本不是在做梦。
假设我的失忆症是某种邪恶交换的结果。
假设那个来自某些未知的世界的第二人格侵入了我的脑子，我自己的人格被它调换了。
那么当那个人格劫持了我的身体，真正的我这些年又在哪里呢？
我做过研究，我发现历史上有许多类似的情况。那些人在失去了一段记忆后开始产生类似的妄想。
过去的半个世纪以来，至少有三起这样的案例，最近的一个就发生在十五年前。

如果有什么东西正在时间中漫无目的地摸索，如果我的梦根本就不是梦，如果它们其实是记忆，那么我在那五年间的记忆呢？
你的潜意识在试图用一些虚假的记忆来填补失忆造成的空白，这是完全可以想象的。可能是你在那五年时间里读到、听到的东西丰富了你的梦。
这也是为什么我不愿说这是“发疯”。也许是精神紊乱，但纳撒尼尔，我亲爱的朋友……
你没有发疯。
那我为什么不敢看自己？
……
我逐渐产生了一种特别的恐惧情绪，非常害怕看见自己的模样。我害怕当我查看自己的模样时会看见某些完全异常、丑恶得无法想象的东西。
我试着尽可能地避开镜子。

我继续记录自己的梦……那些梦像极了记忆……那些梦变得越来越生动，越来越具体。

没过多久，我看见了活物。

它们的动作虽然无害，但比它们的模样更加令我恐惧。

个体之间的差异开始变得明显起来，而其中的一部分似乎受到了某种限制。

那些个体虽然模样上没有差别，但有着不同的姿势与习惯，这让它们不仅与其他大多数个体有着鲜明的区别，而且它们之间也各不相同。

它们使用各种各样不同的文字不停地书写。我觉得,其中一小部分个体使用的是我熟悉的字母。

一直以来,在梦中,我似乎只是一个没有具体形态的意识……

就和醒着时一样,在梦里,我依旧努力地不去低头看自己的身体。

但那种病态的好奇变得越来越强大,直到我无法再抵抗下去了。

啊啊啊啊!!!

我看见了……我……

父亲?

"你看见了什么?"

最后,我渐渐习惯了自己变成一个怪物的梦,并且开始在其他怪物间活动。

和它们一样,我不断地阅读那些从长得没有尽头的书架上拿下来的可怕书籍,并且一连几个小时地在巨大的桌子上不停书写。

梦中阅读和书写的内容给我留下的印象不比一个缺乏具体细节的梦境更加清晰。

其中有些记录提到了过去曾在地球上繁衍生息的奇异存在，也有些记录叙述了那些我们消亡许久之后才出现的怪诞智慧生物的编年史。

大多数记录都是用某些象形文字书写的，其他一些则使用了完全未知的语言，但借助一些嗡嗡作响的机器与简单易懂的图画，我仍然能弄懂它们。

那是其他世界甚至其他宇宙的历史，还有一切宇宙之外那些无形生命的躁动。

与此同时，我似乎也在用自己的语言记录自己时代的历史。

尔·温盖特·皮斯利
·皮斯利与汉娜·（温
盖特）皮斯利的儿子，他们

虽然在梦中，我似乎完全掌握了那些语言，但醒来后，我却只记得一些毫无意义的片段，不过它们所包含的内容——历史的完整篇章——依旧留在我的脑子里。

1917年，当我开始在大学里学习心理学，而你也开始进行那些最后让你得到教授职位的研究时，我花时间阅读了我的第二人格非常感兴趣的那些书籍。
让我看看……
啊，是的！在这里！
德雷特伯爵编著的《尸食教典仪》，《蠕虫的秘密》，《无名祭祀书》，《伊波恩之书》，还有疯子阿卜杜·阿尔哈兹莱德的《死灵之书》……
我看不懂法语，更别提说法语了……
德语也不会……
好吧，那个时候，你可一点儿问题也没有……这些的的确确是你处在另一个人格时读过的副本。
比方说，这里，这本冯·容兹的《无名祭祀书》里还有你用德语写的奇怪边注。还有这里，看，这是非常奇怪的笔迹……
你看。
Es ist nicht tot,
und in fremden
Es ist nicht tot,
bis dass die Zeit
我没有认错……那些笔迹与我在梦中的文字属于同一种类——有那么一瞬间，我觉得自己好像真的能看懂，并且能将它们读出来一样。

你还在这儿?
是的。
已经很晚了。
是啊。
你学到了什么?
“我发现这颗星球漫长且大部分完全空白的历史出现过许多高度进化并且占据星球统治地位的生物，人类只是其中的一员——可能是最不起眼的一员。”
还有呢?
“三亿年前，早在我们的第一批两栖动物祖先爬出温暖海洋的时候，许多匪夷所思的东西就已经建立起了无数的通天高塔，钻研了自然界中的每一处秘密。”

"有些来自群星……"

"少数甚至和宇宙一样古老……"

"跨越了万亿年的历史，甚至涉及其他银河与宇宙。的确，人类所知道的'时间'这一概念并不是真实的。"

但大多数传说与印象都集中提到了一个出现得相对较晚，并且直到人类出现的五千万年前才消失的种族。我梦中的那些东西——伊斯人。

"它们是最为伟大的种族。它们征服了时间,并且将成员的心智送往各个时代展开探索。"

"它们巍峨的图书馆里记录了每个曾经出现过,以及将会出现的种族——它们记录了这些种族的艺术、成就、语言与心理特点。"

"在拥有了包容万古的知识后,伟大种族会从每个时代中挑选出那些思想、艺术与行为跟自己的秉性和情况最为相宜的研究对象。"

"它们能够将自己的心智投射进时间之河,前往它们想要去的时代。"

"然后，它们会从那个时代的最高级生命形式中选择一个代表……"

"……进入它的大脑，建立自己的脑波频率，并将被取代的心智送回侵入者所属的时代。"

"随后，这个心智会利用自己占据的躯体，伪装成那些生物中的一员。"

"它们尽可能地迅速学习所处时代里的一切事物。"

"与此同时,那个被调换的心智则被送回了入侵者所属的时代,安置进了入侵者原本的身体里。在那里,它会被细心地看管起来。"

"伟大种族会想办法提取出它所知道的一切知识。而等到恐惧退去,它也会被允许学习和了解身边的新环境。"

"了解宇宙里那些隐匿秘密的机会安抚了许多囚犯。"

"偶尔,伟大种族也会允许这些被俘获的心智去会见其他有着同样命运的心智——让它们与那些生活在一百年、一千年乃至一百万年之前或之后的意识交流想法。"

"此外,伟大种族还要求所有被俘获的心智尽可能详细地记录下与自己,以及自己所在的世界有关的事情。"

“在那当中有一类非常特殊、令人悲伤的俘虏，它们会获得比其他俘虏多得多的特权……”
“它们是被永久流放的个体，因为某些生理上即将死亡的伟大种族为了避免自己的心智随着身体一同毁灭，从而抢走了这些俘虏原本的躯体。”
“但这类俘虏并不常见。伟大种族漫长的寿命使得它们对于生命并不十分热爱。”
“当那个入侵者的心智在未来学习到自己想了解的东西后，它会建造一个设备——类似于自己最初开启这段旅程时使用过的设备——然后逆转整个精神交换过程。”
“被俘虏的心智会回到自己原本的躯体里，但这段经历只会在它脑中残留下极为微弱、完全破碎的印象。”
“所有的记忆都会被抹去，从它被交换的那一刻起到它回归的时候为止，只留下梦一般的空白。”
我的研究印证了我的梦，而我的梦也印证了我的研究。传说与幻觉已经纠缠在了一起。
“《死灵之书》甚至暗示有一个教团有时候会帮助那些穿越万古来到我们世界的心智。”

威尔逊医生说对了。假设你的确在晚上梦到了奇怪的东西，但它们只是你读过和听说过的东西。你梦到、感觉到的所有东西可能都没有任何实际的意义。

就像《圣诞颂歌》里，守财奴认为眼前的鬼魂只是肚子里一小片没消化的牛肉在作祟？*

正是如此。

靠着这种处世哲学，我变得坚韧起来，精神状态也得到了极大的改善。

1922年，我觉得自己又可以开始正常工作了。

我看起来怎么样？

看起来你需要一面镜子。

谢谢你，温盖特。

你还好吗？

我……我很好，是的。

不过，我迟到了。

*此处出自狄更斯的小说《圣诞颂歌》。故事里守财奴斯克鲁奇遇到了拍档雅各布·马利的鬼魂。但他不相信鬼魂真的存在，认为只是自己吃坏了肚子，因而出现了幻觉。

"为什么我总是迟到?"

好吧,对不起,纳撒尼尔,你在政治经济系的位置很久以前就给别人了。

而且,现在的教学方法也与你那时候有了很大的变化。

不过……

我们想给你提供一个心理学讲师的职位,你觉得怎么样?

你的儿子会在这个学期开始他的研究生学习。你们可以一起共事。

谢谢,非常感谢。

不客气,纳撒尼尔。欢迎回来。

但是，那些梦变得更加频繁了，详细得令人不安起来。

我梦见自己在与来自太阳系的各个角落，以及所有我可以想象的时代的心智进行交流。

我叫巴尔托洛梅奥·科尔西。我来自意大利的佛罗伦萨，时间是基督纪元1142年。

我叫杨利，是位哲学家。我来自公元5000年的赞禅朝。

我是克罗姆·亚，西米里人。

我是提图斯·辛普罗尼厄斯·布莱斯乌斯，苏拉将军治下的一个财务官。

内维尔·金斯顿—布朗。我是个物理学家，住在悉尼，或者说悉尼在2518年还剩下的那一部分。

向诸位问好……我被称为斯格哈……

还有其他许多人……他们告诉了我许多令人惊骇的秘密与令人眩晕的奇迹，这超出了我的大脑所能承受的范围。

伟大种族远比它们如今的身体还要古老。

"它们曾经生活在一个名叫伊斯的垂死世界里。"

"它们集体将精神投射到了一个最适合承载它们心智的未来种族身上——就是这群亿万年前生活在地球上的锥形生物，因为它们有着很长的寿命。"

"就这样，伟大种族诞生了，而无数属于那些锥状生物的心智则被送去了那个垂死的世界，留在令它们恐惧的身体里等待死亡的降临。"

"在人类灭绝之后，将会出现一个强大的甲虫文明。当这个古老世界面临可怖的末日时，伟大种族会再次迁徙，夺取它们的身体。"

"再后来，等到地球大限将至，伟大种族会再度穿越时间与空间——转移到一群生活在水星上的球茎植物中。"

"但在它们离开之后，最终毁灭降临之前，仍然有一些种族还可悲地生活在这颗冰冷星球的表面，并挖掘洞穴钻向星球内部充满了恐怖的核心。"

你给它们的信息越多，它们回报给你的权限就越大。去往那座城市，它们的档案馆。

档案馆？

"在地下，那座城市的中央。它们希望它能够与它们的种族一样经历漫长的岁月，并且抵得住最剧烈的板块运动。"

"那些记录都储藏在地下室里。我们自己的历史都被放在了一个特定的地方。"

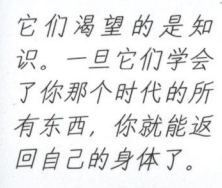

它们渴望的是知识。一旦它们学会了你那个时代的所有东西，你就能返回自己的身体了。

你想离开？

你不想吗?
唔……
我有个女儿，温利。你应该明白。
我明白?
你有个儿子。
父亲!
我不知道是因为某些压倒性的父爱，或是突然间对家的想念，在短暂的一瞬间，我越过了辽阔的时间鸿沟听见你的呼喊。
在那个短暂的瞬间，我感觉到了一丝希望。

待到我不再被当作一个囚犯受到各种限制后，我开始登上飞行器穿过丛林间的道路，前往其他的城市。

此外，我也曾在大洋上方以及大洋深处遨游……

伟大种族为什么没有占据……这个……东西？
除了睡觉，它什么也不会做。
而伊斯人——它们不睡觉。
从不。
我们所使用的这些身体，在伟大种族抓住它们的心智送往过去代替自己面对可怕的命运之前，到底是什么样的？

它们甚至都不值得在档案馆里留下一个注脚。

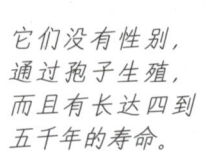

它们没有性别，通过孢子生殖，而且有长达四到五千年的寿命。

它们过去的行为活动已经被遗忘了。现在，伊斯人的心智控制着这些躯体。

所以，它们的政治与经济体系变成了一种法西斯式的社会制度。主要资源都被理性地分配给每个个体。

伊斯人对历史有收集癖。它们会利用从各个时代找来智力与美学娱乐来打发闲暇的时间。

你知道伊斯人为什么会害怕那些无窗的废墟和地下深处被封起来的活板门吗？

因为它们是过去战斗时留下的根子，以及未来将要降临危险。它们与一个更加古老、有些像水螅的种族有关。

"它们来自遥远的宇宙,而且在六亿年前曾统治着太阳系内的其他三颗星球。"

"它们只有一部分是物质的,而且它们也没有视觉感官,但是它们能够渗透过物理的障碍。"

"它们的心智非常特殊,因此伟大种族无法有效地与它们进行精神交换。"

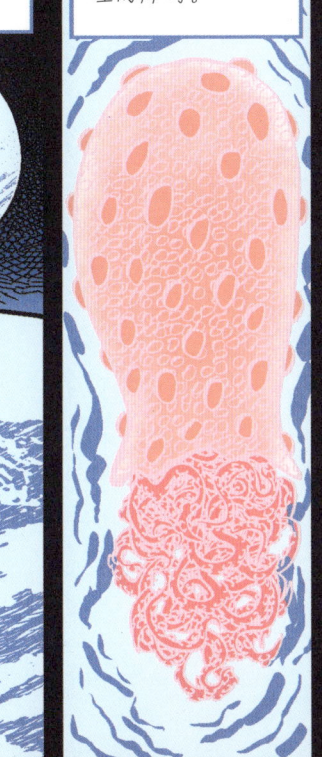

"它们建立起了那些无窗的巨塔,并且恐怖地捕食它们遇到的任何东西。伟大种族就是在那个时候降临地球的。"

"只有某种形式的电能可以摧毁那些水螅。"

"伊斯人很快就利用能量武器把它们赶进了地底,然后封锁了出口。那些塔之所以还保存着,就是为了提醒它们记住那些居住在地下的恐怖怪物。"

"但随着漫长岁月的流逝,那些会飞的水螅变得越来越强大。它们从地心深处操控着狂风帮助自己摆脱囚禁,并穿过那些黑塔底部因地震形成的缝隙逃了出来。"

"在那之后,伟大种族就加强了预防措施。"

依靠自己精神投射的能力，伊斯人知道这些会飞的水螅会在将来再度崛起，并向它们展开报复，将它们完全消灭。然后，那些水螅就会永远地回到地下的黑暗深渊里去。

这就是每天夜里，模糊而破碎的梦境将我带去的世界。

在一段时间内，我过着还算不错的普通生活。

几年后，我开始觉得我应该将自己的经历——还有那些类似的案例以及相关的民间传说——统统发表在杂志上，以便那些更加严肃的学者进行研究。

我准备了一系列文章，完整讲述了整件事情，并且用素描画下了我在梦中记下的那些形状、场景、装饰图样与象形文字。

这些文章分批发表在了1928年到1929年的《美国心理学会杂志》上，但在一开始似乎没有吸引多少读者的注意。

1934年2月
这些蠢货。我完完全全地说清楚了他们可能会发现的东西，但他们没有理会我的警告。
阿卡姆广告人
斯塔克韦瑟-摩尔考察队准备出发前往南极洲
冷静点儿，威廉。你总说这是白费工夫。
亨利？
啊！皮斯利教授，有什么事吗？
我只是想说谢谢你为我做的一切。
这没什么，我只是在做自己的工作。
呃……纳撒尼尔，这是威廉·戴尔教授。
我是地质系的，我最近读到了你的文章。
戴尔教授，几年前我听说了密斯卡托尼克大学去南极探险的事情。你知道的。
戴尔的一些言谈举止让我觉得他也有着某些秘密。
后来我得知，自他从南极回来后就一直在积极地打消其他人继续前往南极探险的念头。
随着时间的推移，我学会了信任他，更重要的是，他也学会了信任我。

* 语出《爱丽丝梦游仙境》。

"我最近和住在珀斯的E.M.博伊尔博士谈了谈，他后来寄了一些你写的文章给我。我读了那些文章，然后觉得应该和您谈一谈我在我们金矿东边的大沙漠里看到的某些东西。"

"考虑到你描述的那些古怪传说里提到了由巨大石头建筑组成的城市，以及奇怪的图案与象形文字，我觉得你可能会对我要说的事情感兴趣。"

"两年前，我在沙漠东面大约五百英里的地方进行勘探的时候，看到了很多经过抛光的奇怪石头……"

是这个地方吗？

没错，那些土著根本不敢靠近这里。

他们说过为什么吗?
和传说里一个名叫布戴的家伙有关，一位巨大的老人，他枕在自己的手臂上在地下睡了很多年……他们说，他有一天会醒过来，然后吃掉整个世界。
棒极了。
他们还说了一些非常古老的故事，里面提到了巨大石头修建的地下小屋，小屋里的通道一直往下，往下，然后就会发生可怕的事情。
他们说曾经有一些从战场上逃走的战士走进了一间小屋，之后再也没有回来，但他们走进小屋后，里面就刮起了可怕的狂风。

他们——那些土著——念叨的东西通常没什么大不了的。
是的，我知道，先生。
等等……
就和土著说的一样……
是的，好吧，劳埃德。先别高兴得太早。架好相机，我要些照片，很多很多照片。

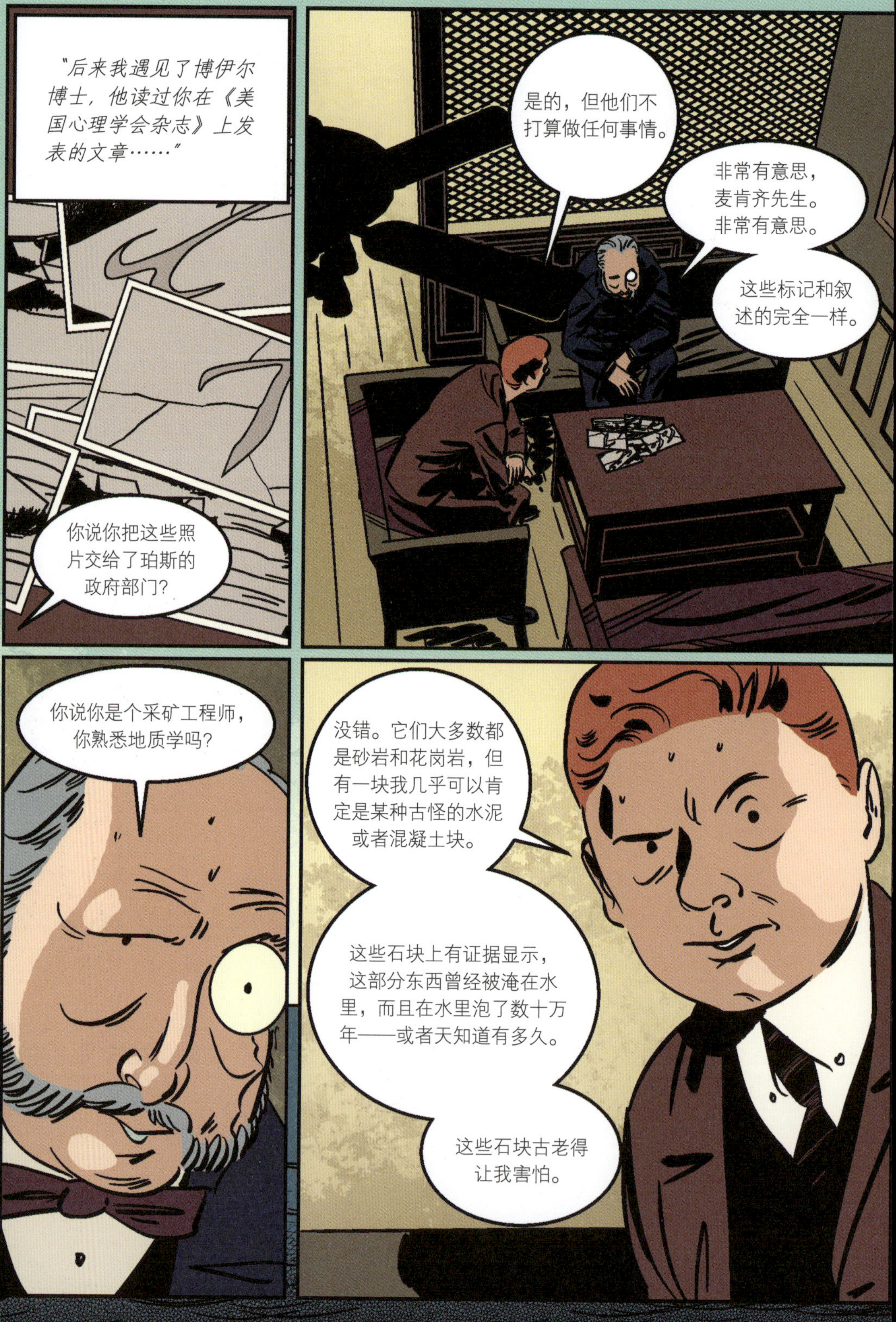
“后来我遇见了博伊尔博士，他读过你在《美国心理学会杂志》上发表的文章……”
你说你把这些照片交给了珀斯的政府部门？
是的，但他们不打算做任何事情。
非常有意思，麦肯齐先生。非常有意思。
这些标记和叙述的完全一样。
你说你是个采矿工程师，你熟悉地质学吗？
没错。它们大多数都是砂岩和花岗岩，但有一块我几乎可以肯定是某种古怪的水泥或者混凝土块。
这些石块上有证据显示，这部分东西曾经被淹在水里，而且在水里泡了数十万年——或者天知道有多久。
这些石块古老得让我害怕。

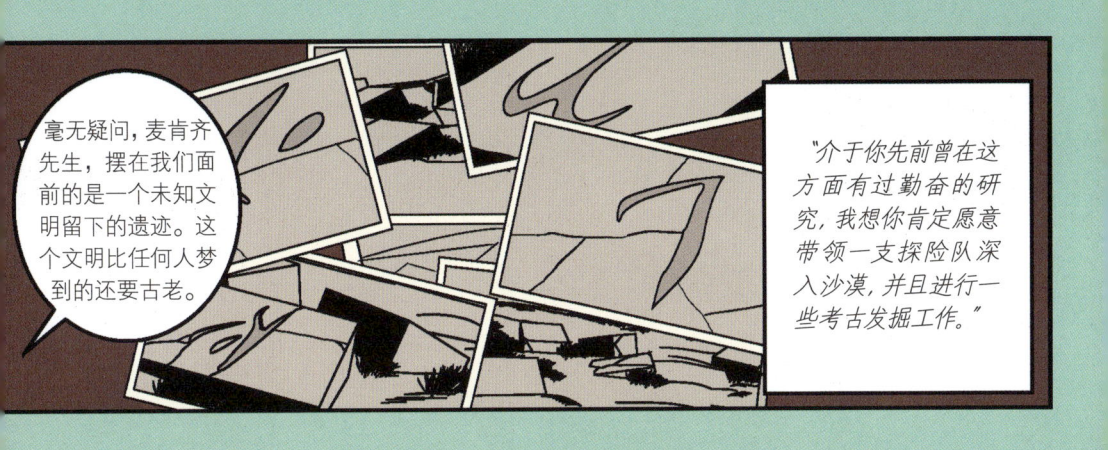

"毫无疑问,麦肯齐先生,摆在我们面前的是一个未知文明留下的遗迹。这个文明比任何人梦到的还要古老。"

"介于你先前曾在这方面有过勤奋的研究,我想你肯定愿意带领一支探险队深入沙漠,并且进行一些考古发掘工作。"

如果您——或者您知道的某个组织——能筹措到资金的话,我和博伊尔博士随时准备好协助您的工作。

欢迎您写信与我交流这方面的事情,如果您有任何的计划,我也热切地想要出一份力。

由衷期待能尽快收到您的消息。

您最忠实的朋友
罗伯特·B.F.麦肯齐

1935年3月28日

博伊尔博士,请允许我向你介绍,这是地质系的威廉·戴尔教授。

古代史系的费迪南德·C.阿什利。

人类学系的泰勒·M.弗里伯恩。

以及我儿子温盖特。

当我们一群人最终颠簸着驶进了那片绵延无数里格*,只有沙砾与岩石的不毛之地时,一种混杂了不安与期盼的古怪情绪开始在大多数人心里蔓延。

5月31日,星期五,我们涉水渡过了德格雷河的一片浅滩,进入了真正荒凉的世界。

* 过去的一种距离单位,1里格大约等于5.56公里。

6月3号，星期一，我们见到了第一批半掩在沙砾下的巨石。

就是这个。

那是一座巨大石头建筑的碎块，从各个方面看都很像我梦到的那些建筑的墙壁所使用的巨石。
当我实实在在地——在这个真实世界里——触碰到这样一块东西时，我很难描述自己的心情。

经过一个月的挖掘，我们发现了大约一千二百五十块有着不同程度风化与破坏的巨石。
我们越往深处——以及越往北部与东部——挖掘，发现的石块就越多，但我们依旧没能发现它们之间存在任何形式的排列规律。
这些是地砖。
你确定吗?
非常确定。
大约在7月的第一周，我逐渐对挖掘场东北面的区域产生了一种无法描述的复杂情绪。
其中有恐惧，有好奇，除此之外，还有一种令人困惑的，如同记忆一般的幻觉。

1935年7月11日

在那些辗转反侧的夜晚,我渐渐地养成了一种奇怪的习惯。我会在深夜的沙漠里走上很长很长的路——通常是往北,或者往东北方向,一些新出现的奇怪冲动似乎在以一种难以察觉的方式牵引着我。

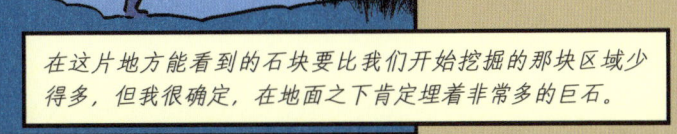

在这片地方能看到的石块要比我们开始挖掘的那块区域少得多,但我很确定,在地面之下肯定埋着非常多的巨石。

地面并不像营地那么平整。偶尔，狂风会将沙粒堆成山丘——暴露出一些更加古老的石头。

一方面，我迫切地想在这片区域展开挖掘工作，另一方面，我又对我们可能会挖掘出的东西感到恐惧。

然后，我有了非常古怪的发现……

那天夜里,我一直醒着,但到了黎明时分,我意识到听凭一个神话将自己搅得心神不宁是件多么愚蠢的事情。

我发现的东西曾出现在我的梦里,也出现在我阅读过的书籍里。那是一块巨石,它与我梦中的那些玄武岩高塔——那些伟大种族极为恐惧的无窗废墟——上的石头一模一样。

那天它就在这里。

好吧,现在不在了。

7月17日，晚上11点

接下来便是整个叙述中最为关键同时也是最为困难的部分——此外，我并不确定它们是不是真实的，而这让叙述变得更加困难……

睡不着吗，先生？

是的，劳埃德。你呢？

一样。有些晚上，在没有刮这样的风的时候，那种安静几乎让人觉得很吵了。

的确啊。

好吧，我得试着再睡一会儿。

祝你好运。

我的确需要些运气。晚安。

晚安。

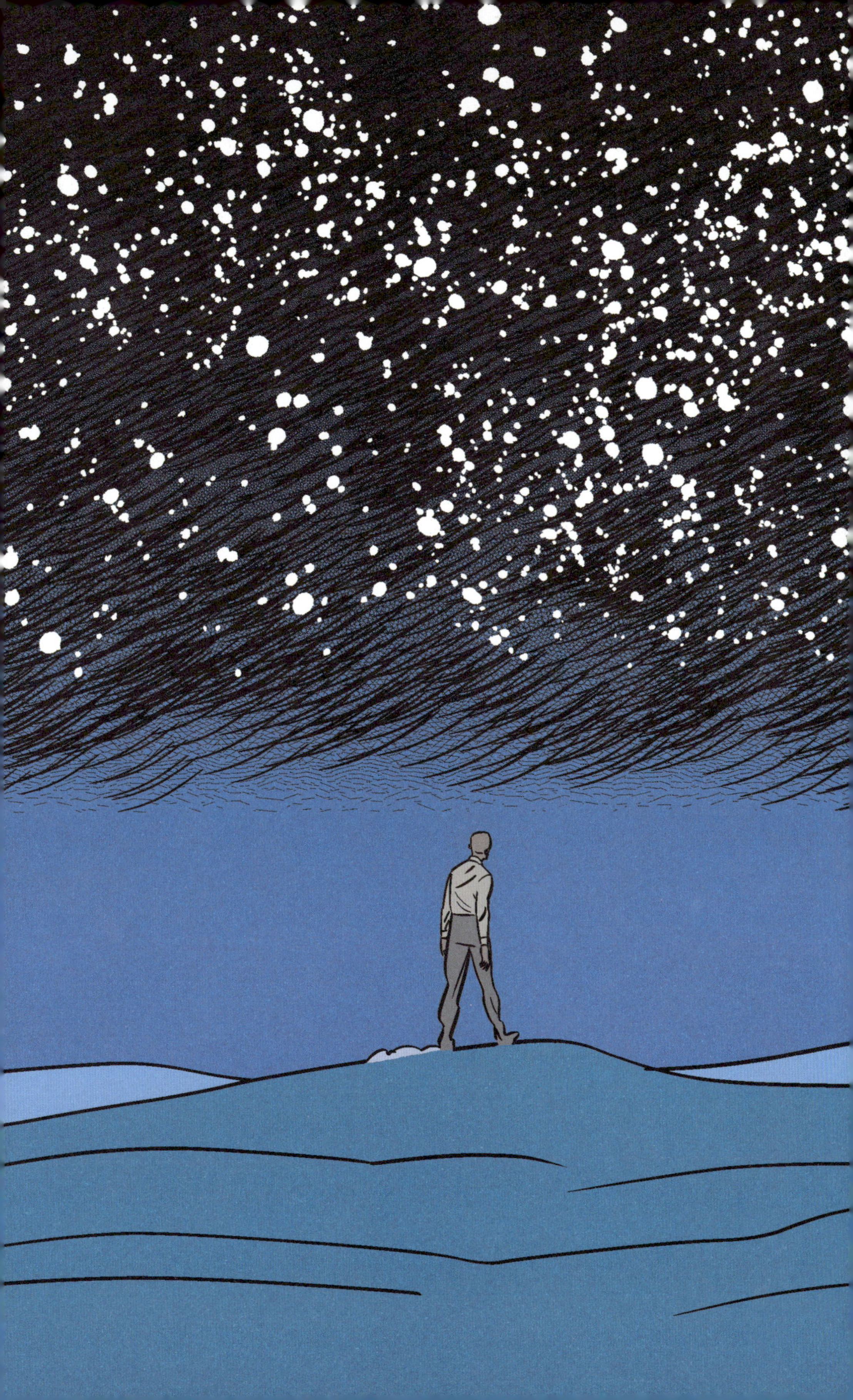

7月18日，凌晨3点30分

在凌晨的早些时候，刮起的一阵烈风吵醒了营地里的所有人……

你父亲去哪儿了？

我不知道！

大概11点30分的时候，我看见他往外面去了。

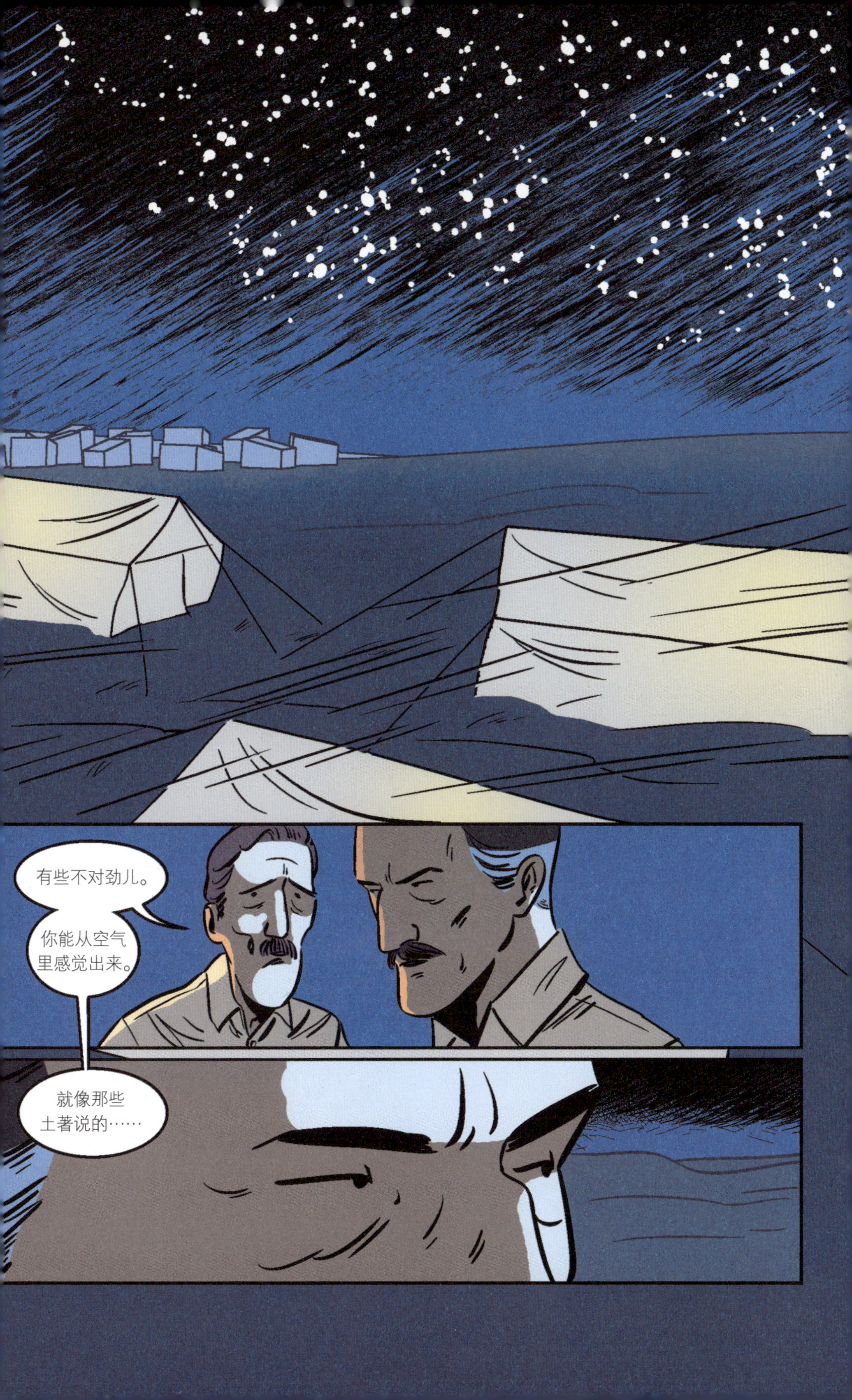
有些不对劲儿。
你能从空气里感觉出来。
就像那些土著说的……

7月18日,清晨5点10分

博伊尔博士!
快来!

放心,
我扶住你了。

把他带到这个
帐篷来。

轻点儿。

不!不!
我不能睡觉。
不!

父亲！
不！不！
来，放轻松，你很安全。
那些梦！
那些梦！
你必须把他捆好。我没有镇静剂。
我睡着了……我在沙子里睡着了……我们不能再挖了。我们必须停下来，东北面什么也没有。我弄错了……我……
那只是个梦……
我丝毫没有提起那些自己曾看见或者经历过的怪事……

第二天，我起床后在营地周围走了走，但没有参与挖掘行动。在意识到自己没办法让其他人停下手里的工作后，我决定尽快回家……
你必须开飞机送我去珀斯，我必须得回家。
但我们的工作还没做完。
我的已经做完了。我的梦，我的噩梦……我现在已经没用了，只是个累赘。
你究竟在怕什么？你昨天夜里到底看到了什么？发生了什么？你昨天夜里到哪里去了？
开飞机送我去珀斯。

我没有再看见任何我之前发现过的东西。我依旧可以选择相信自己的经历只是一场幻觉——如果没有人找到那个可憎的深渊，我就更有理由这样相信了。而我由衷地希望永远都不会有人找到它。

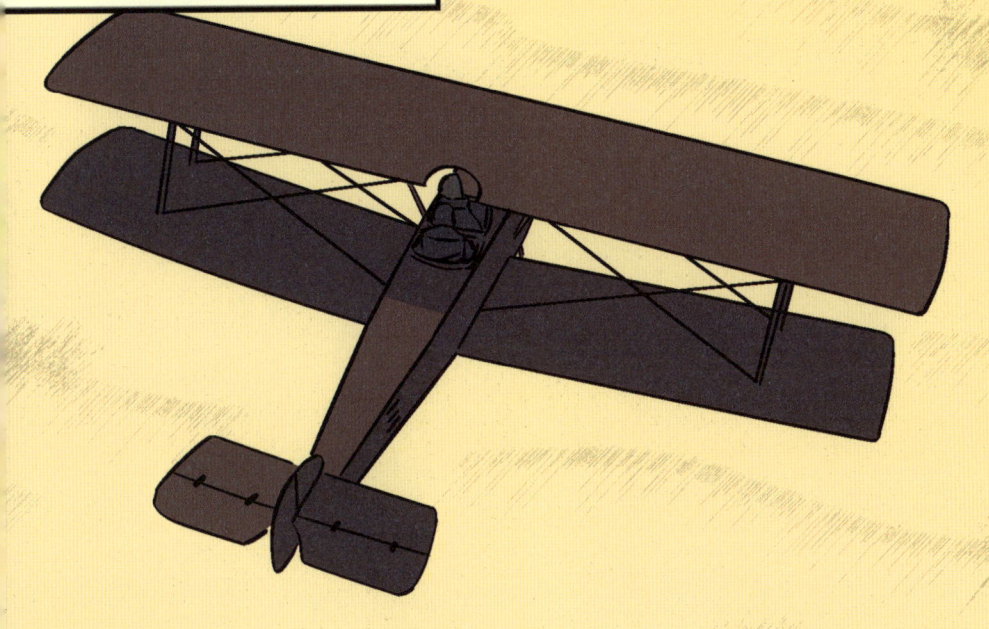

我很感激你愿意陪我一同等到轮船起航。在这间船舱里，我独自考虑了整件事情，并且决定至少要让你知道真相。

至于是否要将这件事情分享给其他人，则完全取决于你。出于周全的考虑，我将扼要地记录下那个可怖的夜晚，当我离开营地后，似乎发生过的事情。

那天夜里没有风。苍白的沙漠绵延起伏，就像一片冻结了的海洋。

我的梦境渐渐地渗透进了清醒的世界里。每一块嵌在沙子里的巨石都变成了无穷无尽的房间与走道的一部分，而那些房间与走道里充满了由符号组成的雕刻与象形文字。

燃烧的月亮所投下的光芒，以及那发光晶体制成的路灯，照亮了我的道路。

我醒着，同时也在做着梦。

当我首次遇到一堆被白天的狂风暴露出来的巨石时，我不知道自己已经走了多长时间，或者走了多远，甚至我都不知道自己是在朝哪个方向前进。

我感觉到了一股微弱得难以察觉的寒冷气流从下面传了上来。

我最初以为是当地传说中提到的那些埋在地下的小屋，那些会发生恐怖怪事，并且刮出猛烈狂风的地方。

我将会发现什么？

我只犹豫了一小会儿，因为好奇与对科学的热情压倒了逐渐增长的恐惧心理，也影响了我的判断。

突然间，我决定独自走进这个可疑的深渊。现在回想起来，光是这样一个念头，已经和彻彻底底的疯癫没什么两样了。

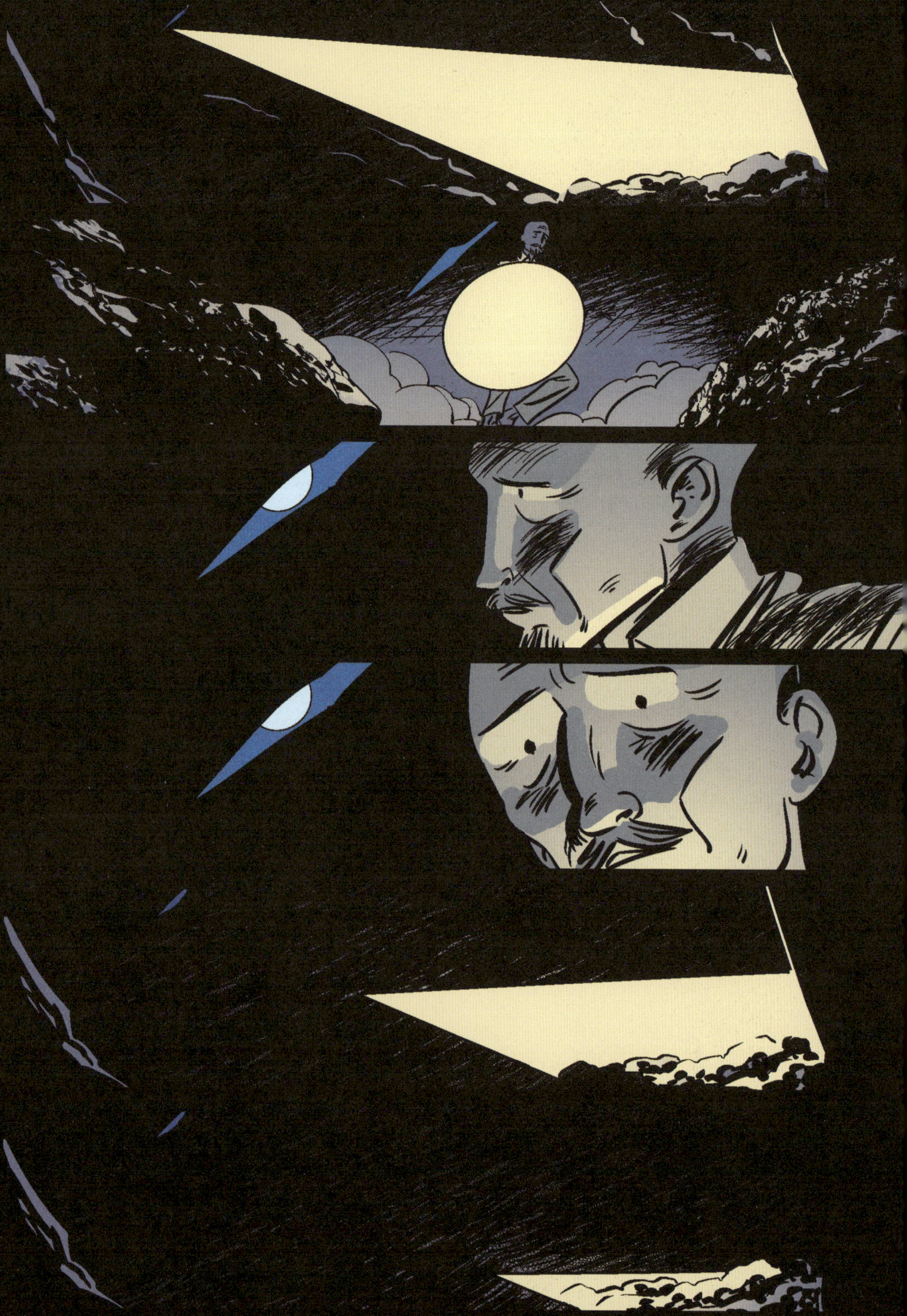

突然之间，我意识到我很清楚自己身处何处，清楚得令我害怕。

我认得这个地方。

自我梦中的那个时代后，这座有着百万年历史的可怕都市究竟经历了什么？

我还能找到书写大师居住的房间吗？我还能找到那座被斯格哈——那个来自南极大陆，有着星形头部的古老生物的心智——在墙面空白处凿刻下某些图画的高塔吗？

下方第二层通道还能不能通过呢？那条通道应该连接着异族心智们聚会的大厅。

在那个大厅里，一个不可思议的异族心智——一个居住在一千八百万年后冥王星以外的某颗未知行星内部，能够改变自己部分形体的生物——在那个大厅里保存了一尊用黏土制作的模型。

通往中央档案馆的路还通畅吗?

来自太阳系的各个星球与各个时期的心智在那里写下这个宇宙时空的全部历史,从过去到未来。

宇宙的所有秘密……

自那时起，我脑中的印象就变得不再可靠了——的确，我依旧怀着最后一丝奢求，绝望地认为这些经历全都是某些魔鬼般的噩梦中的片段，或是谵妄导致的幻觉。

一股狂热的情绪
在我脑中躁动。

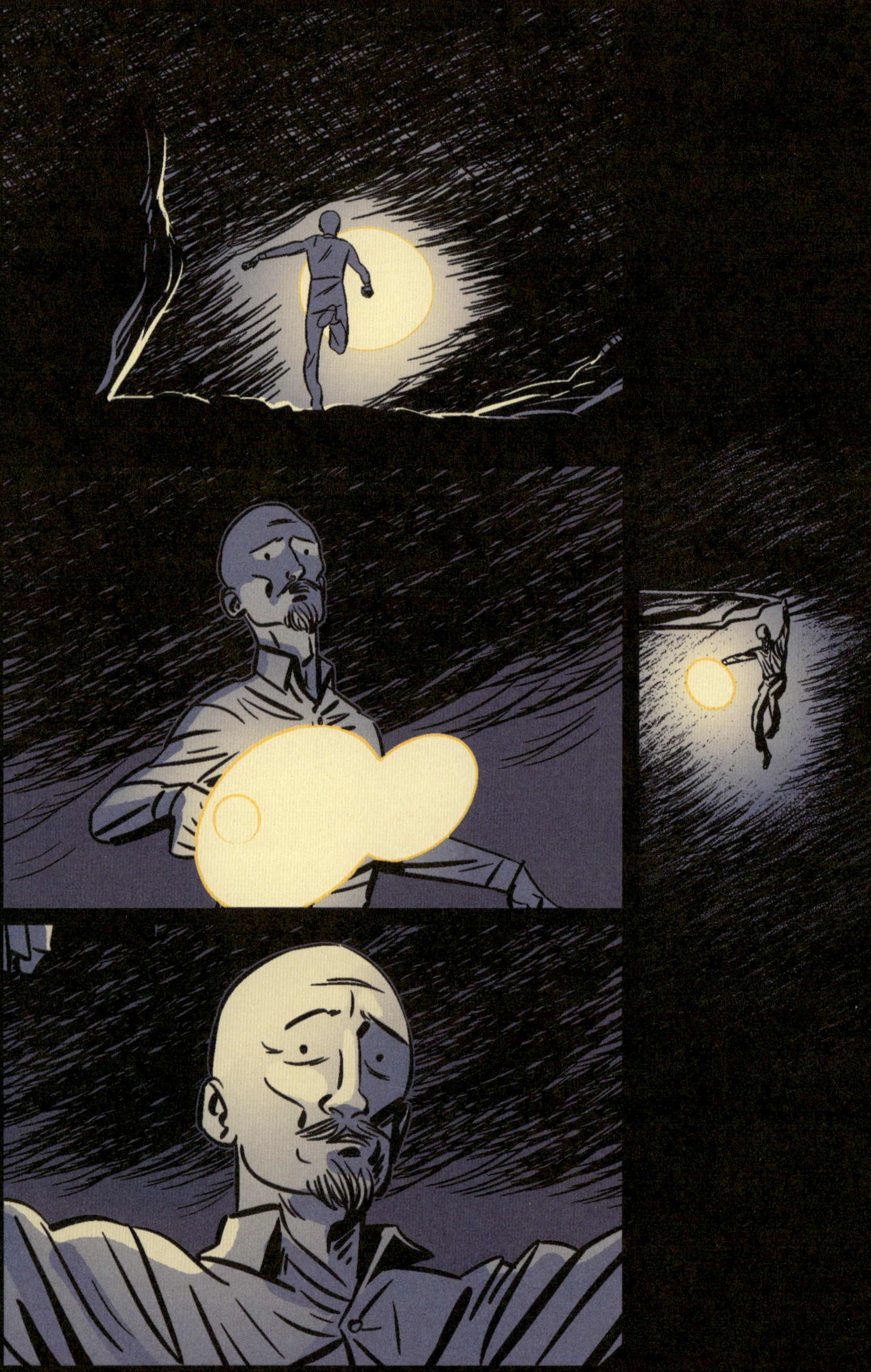

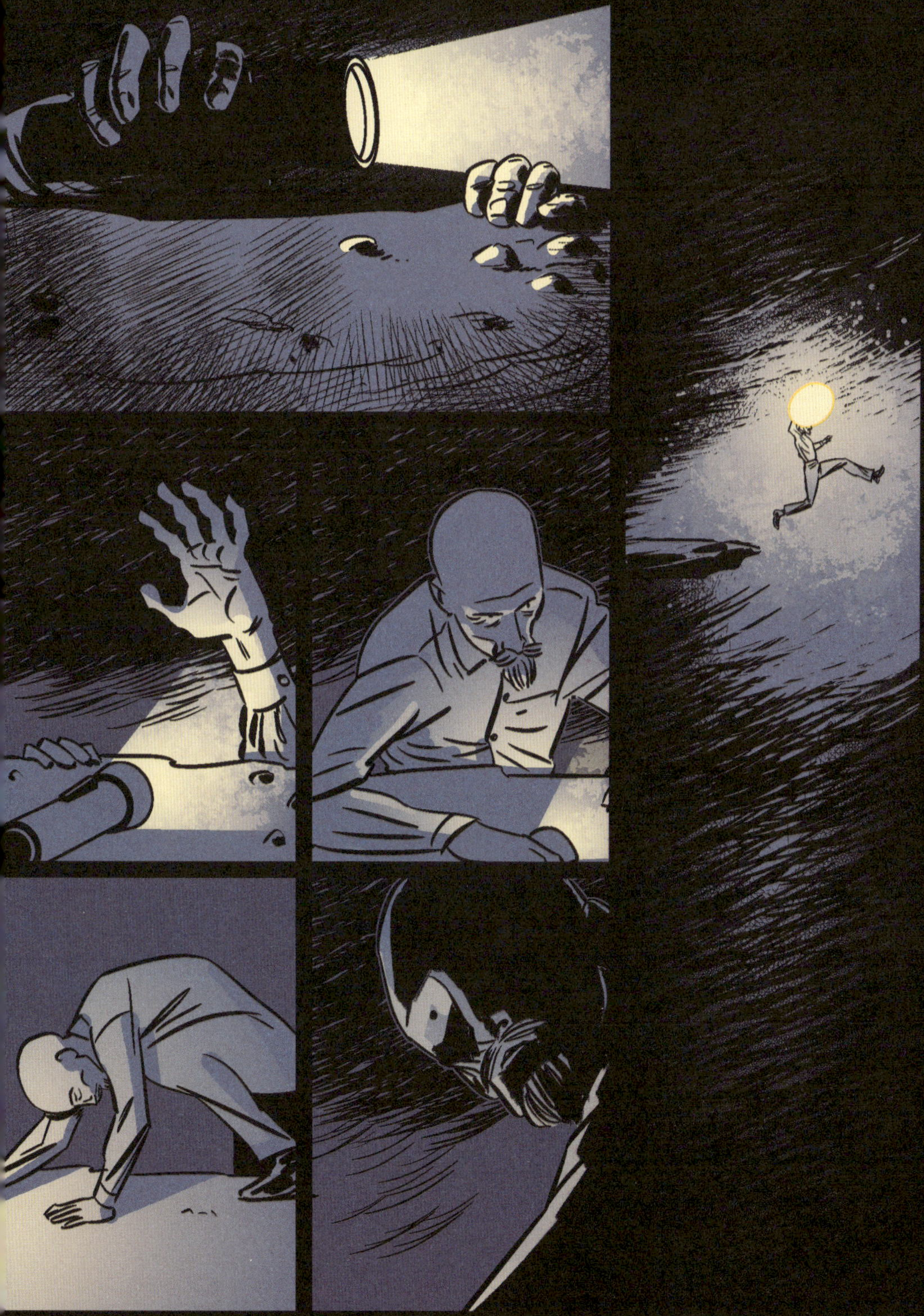

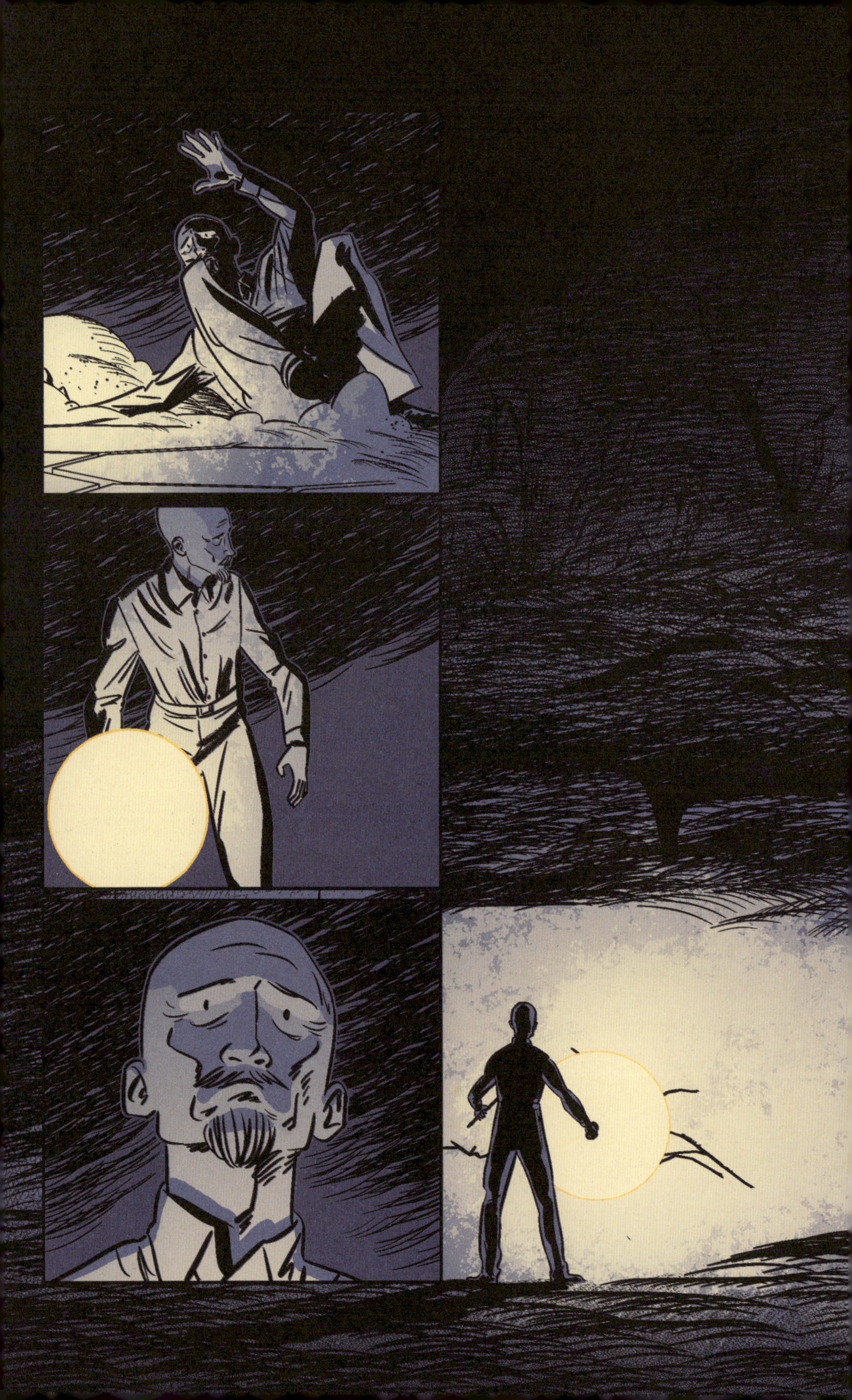

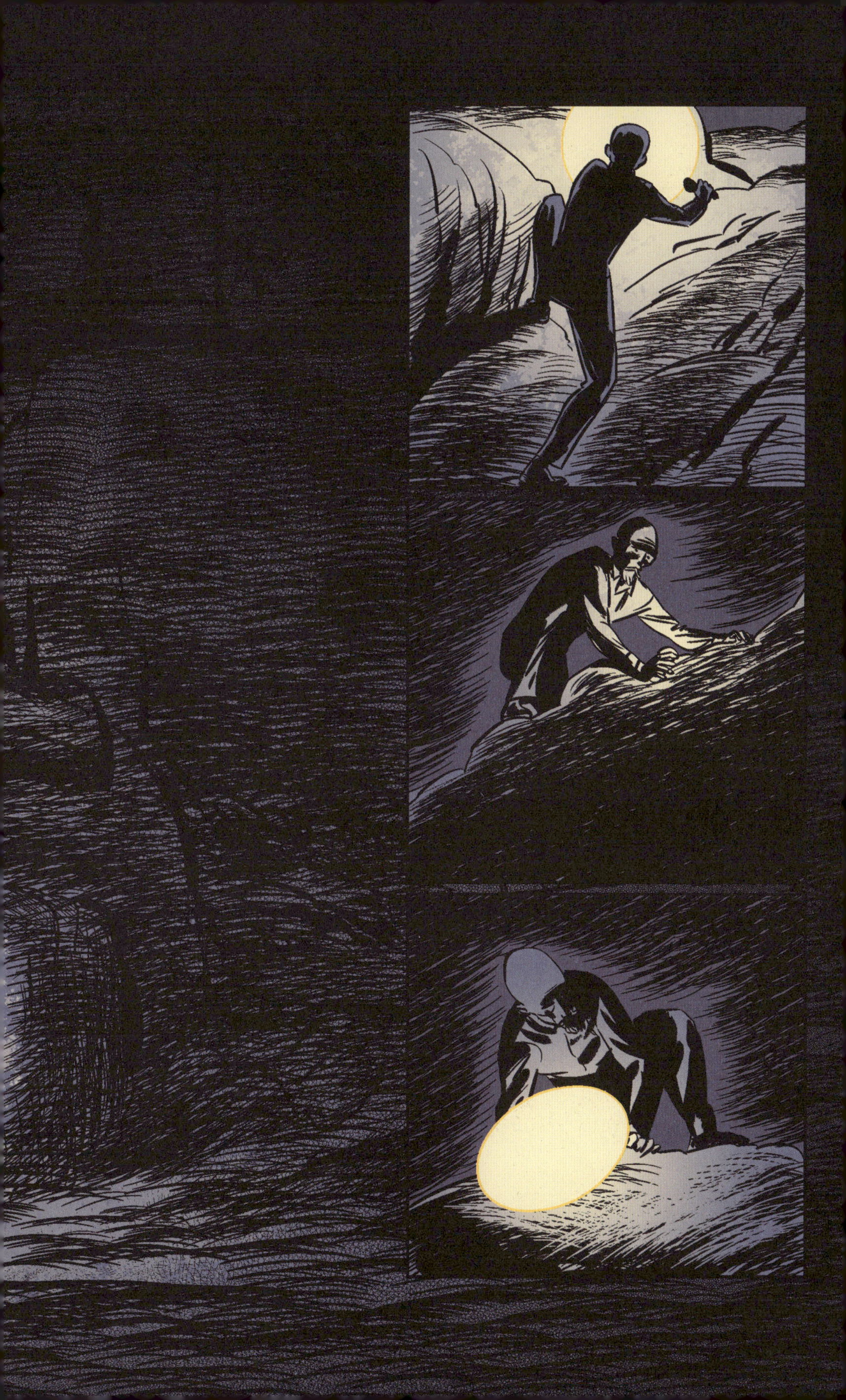

我抵达了那个用来存放太阳系所有年鉴的房间。它在建造之初就被设计成能够与这个星系一样长久地保存下去。

> 这些书写与我熟悉的弯曲象形文字，或者人类知晓的任何字母，都不尽相同。

> 这是另一个被囚禁的异族心智所使用的语言。在梦里，我认识这个异族心智——它来自一颗较大的小行星，而那颗小行星是某颗远古行星的碎片，它上面保存了许多先前行星上的生命与知识。

> 这一层是专门用来存放地外行星卷宗的地方。

扑棱

咔喀
咔喀

我晕眩的脑中开始回荡起某种旋律，而我的右手也开始跟着这种旋律抽动起来。

我想打开某个东西，而且我觉得自己知道打开那个东西的每一个步骤，那些错综复杂的扭动和按压。

不论是不是做梦，我曾经知道如何打开……而且此时此刻，我依旧知道如何打开它……

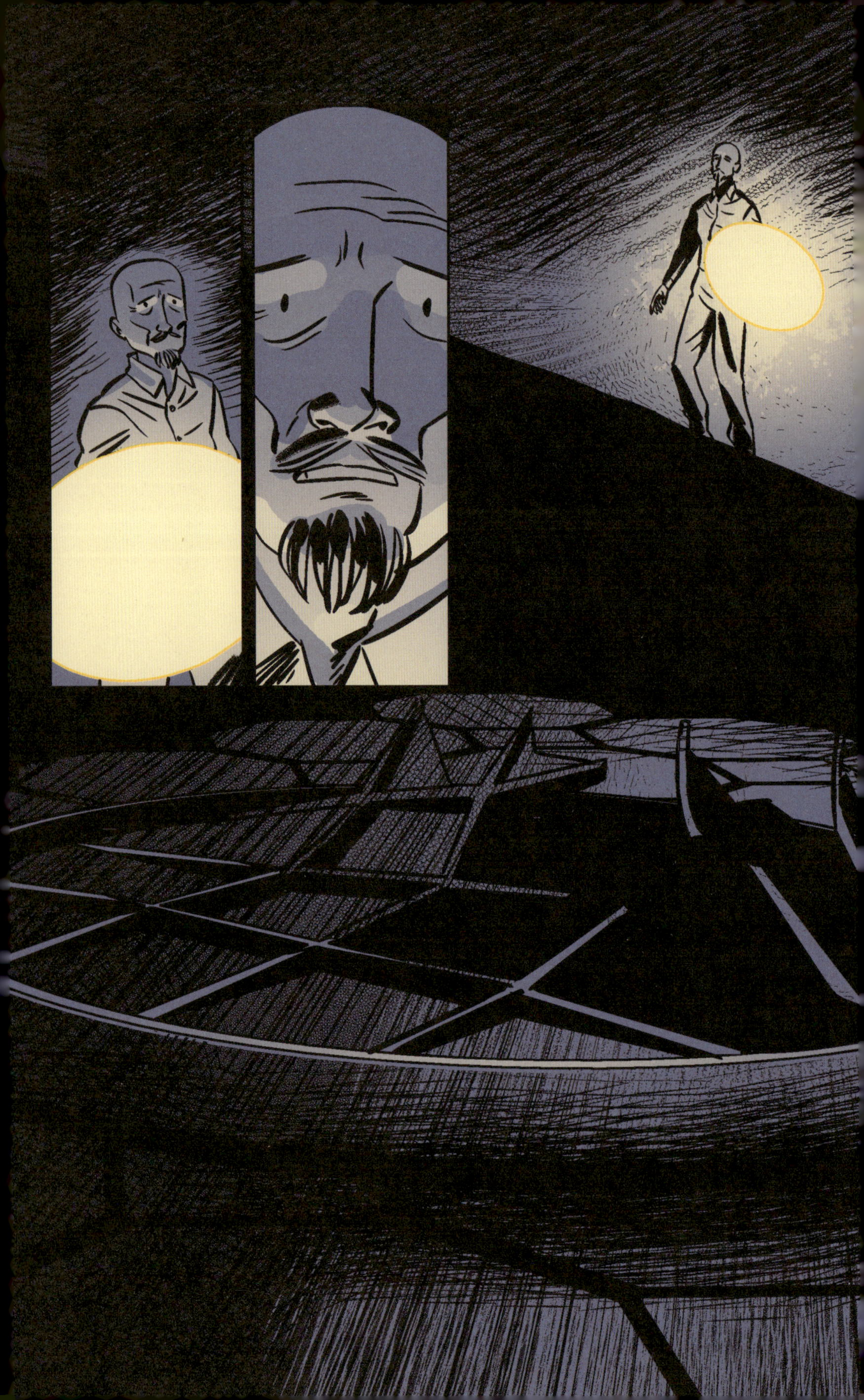

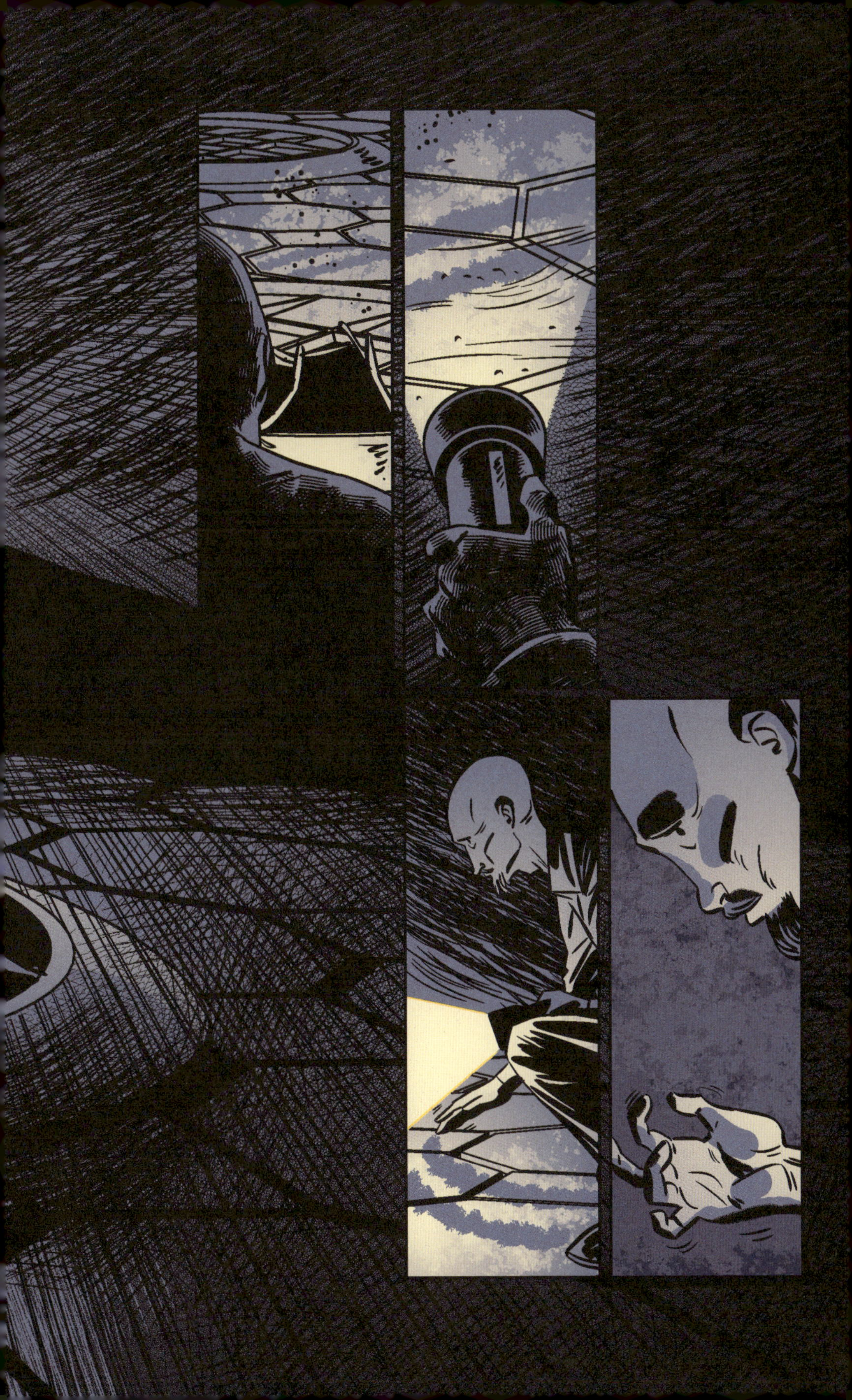

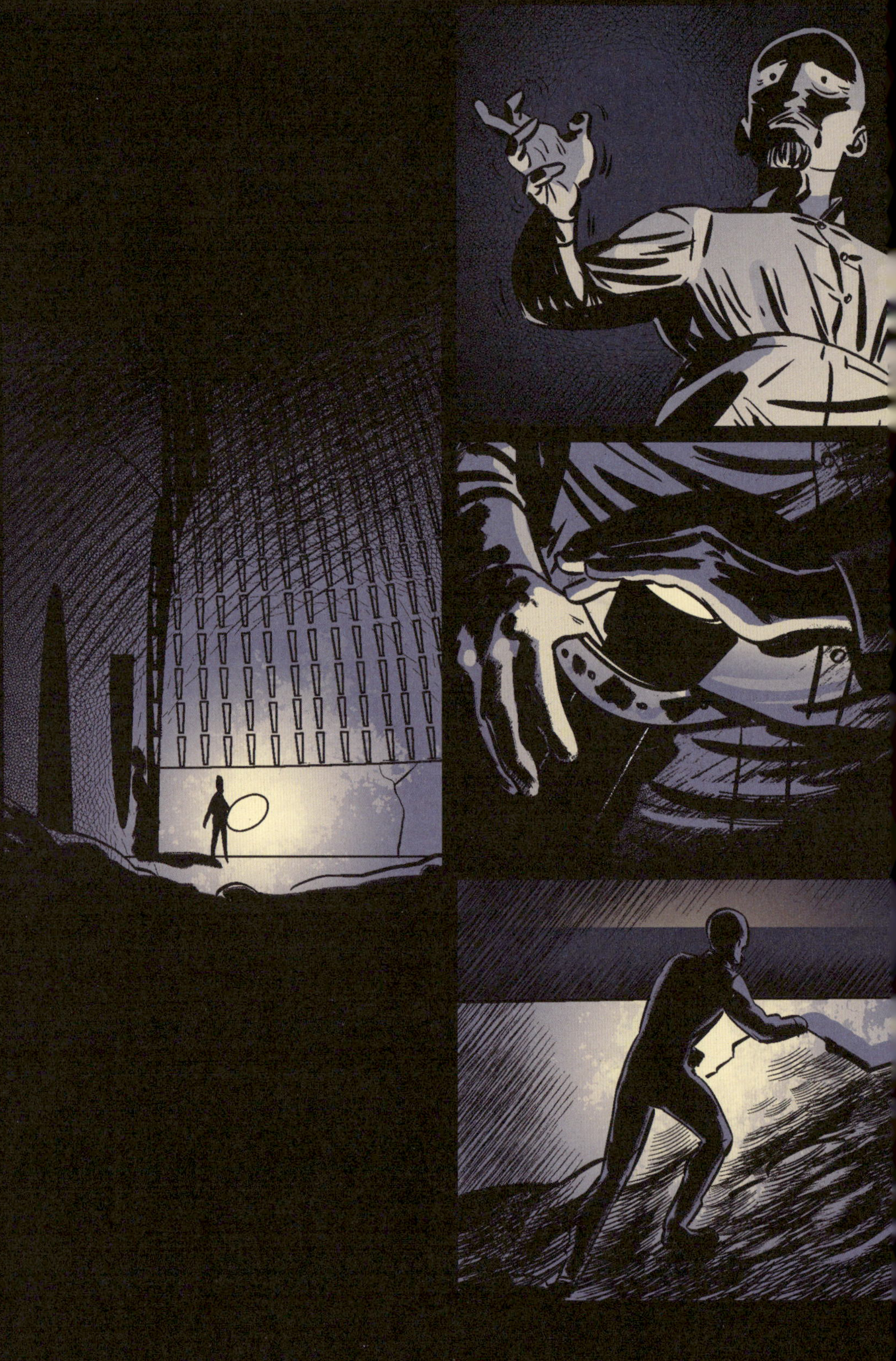

咔　　　喀啦　　　咔喀

突然间，我的心中涌起了一种无法解释的情绪。

在我右手可以触及的范围内有一个箱子。箱子上的曲线象形文字让我感到无比恐慌，这种情绪远比单纯的害怕更加复杂。

我所畏惧和期盼的东西就在这儿。

要么我是在做梦，要么时间与空间已经变成了一个玩笑。

我必须让其他人看到它。我必须让你看到它，我的儿子。

我必须把它带回到外面的世界去，如果它真的存在的话——如果这个深渊真的存在的话，如果我，以及整个世界，真的存在的话。

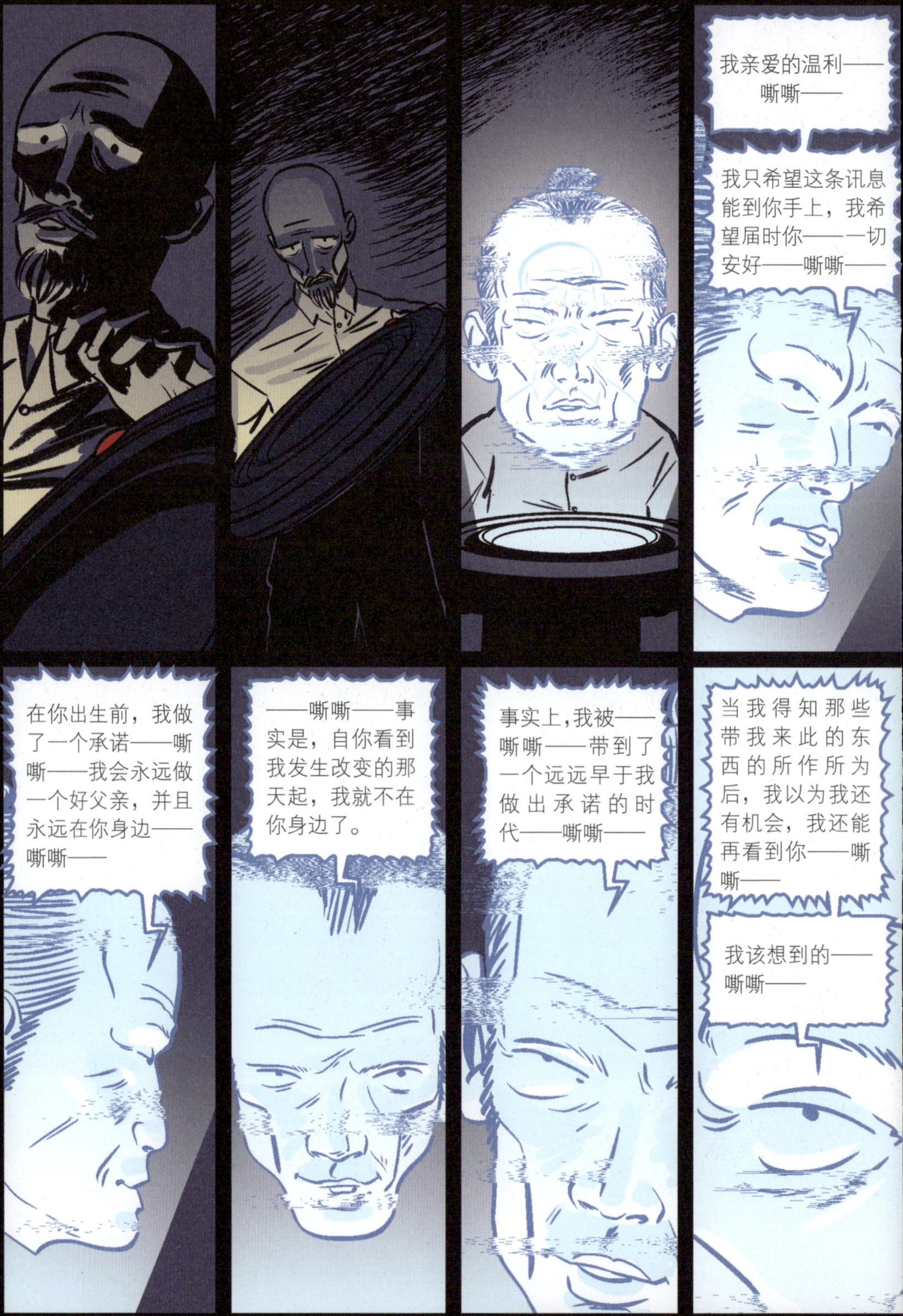

我亲爱的温利——
嘶嘶——

我只希望这条讯息能到你手上,我希望届时你——一切安好——嘶嘶——

在你出生前,我做了一个承诺——嘶嘶——我会永远做一个好父亲,并且永远在你身边——嘶嘶——

——嘶嘶——事实是,自你看到我发生改变的那天起,我就不在你身边了。

事实上,我被——嘶嘶——带到了一个远远早于我做出承诺的时代——嘶嘶——

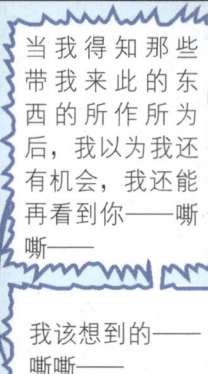

当我得知那些带我来此的东西的所作所为后,我以为我还有机会,我还能再看到你——嘶嘶——

我该想到的——嘶嘶——

我应该知道的——嘶嘶——抱歉我永远也回不了家了。抱歉，我永远也无法抱起你，或者亲吻你了——嘶嘶——
——嘶嘶——但你要知道，我一直在远方守护着你——嘶嘶——
——嘶嘶——不论过去，现在，还是永远的将来，你都是我最爱的孩子——嘶嘶——
我爱你——嘶嘶——嘶嘶——嘶嘶——
我该知道它会发生的——嘶嘶——
我该知道——嘶嘶——
我该知道它会发生的——嘶嘶——
我该知道——嘶嘶——
我该知道它会发生的——嘶嘶——
我该知道——嘶嘶——
我该知道它会发生的——嘶嘶——

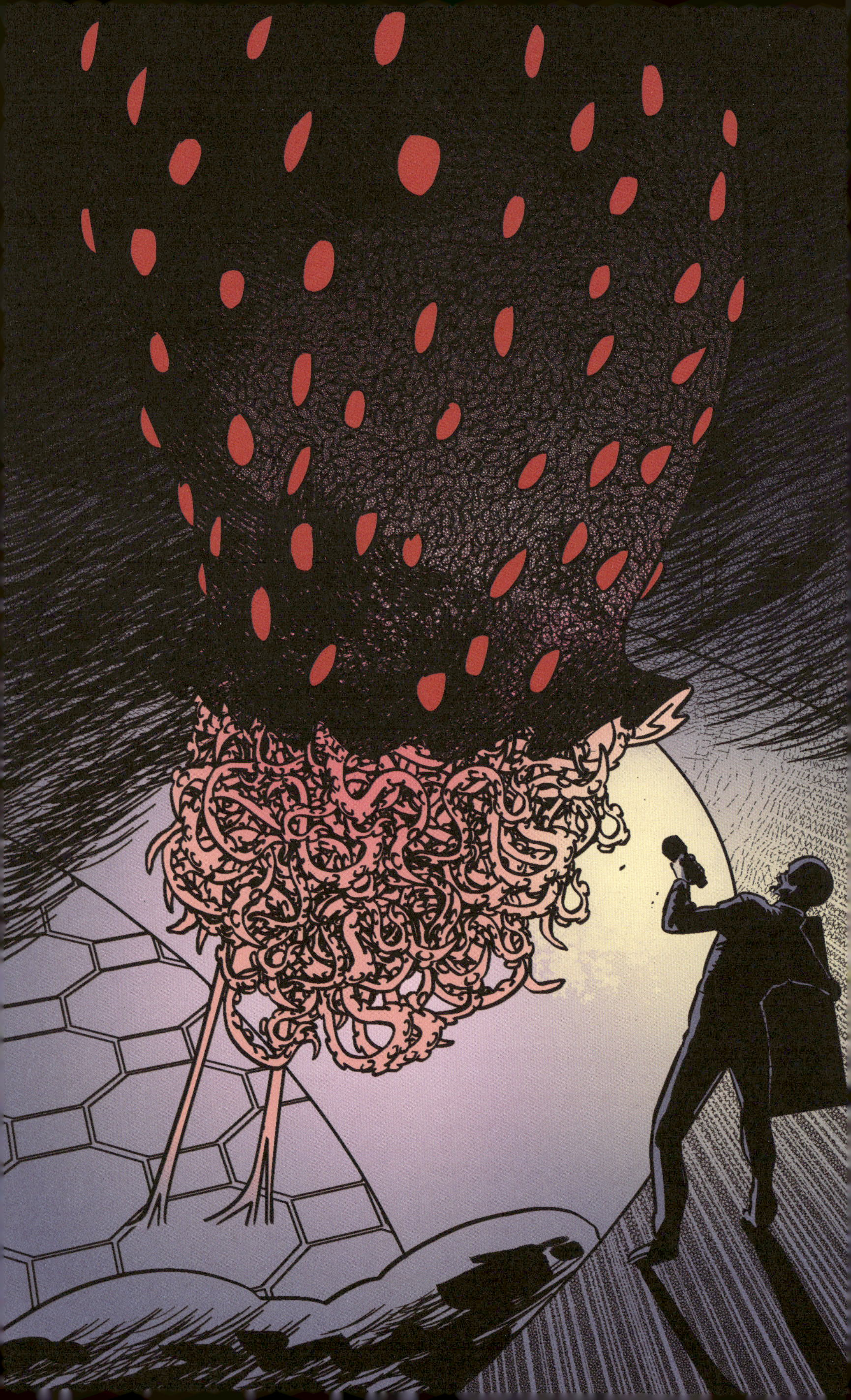

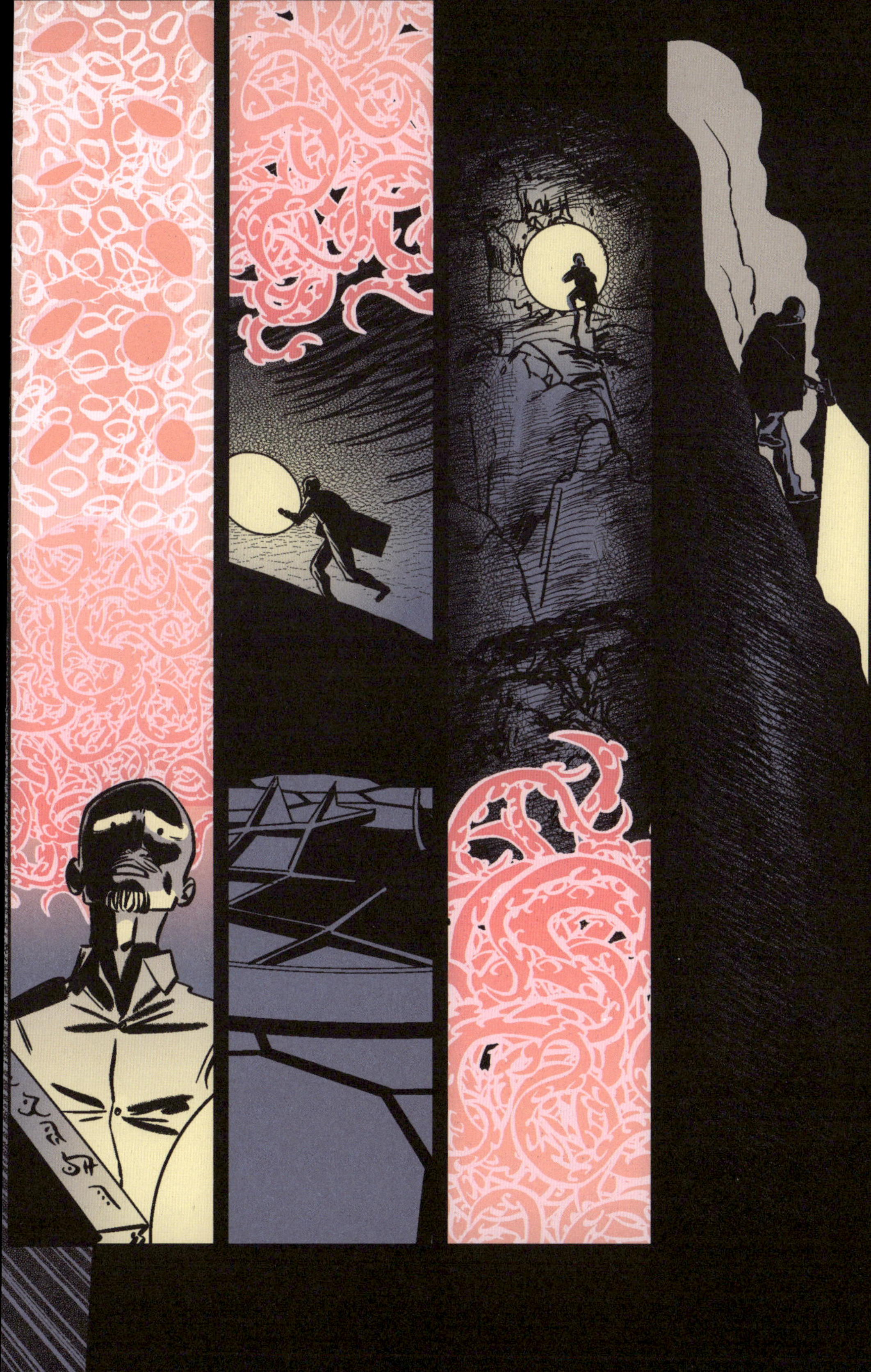

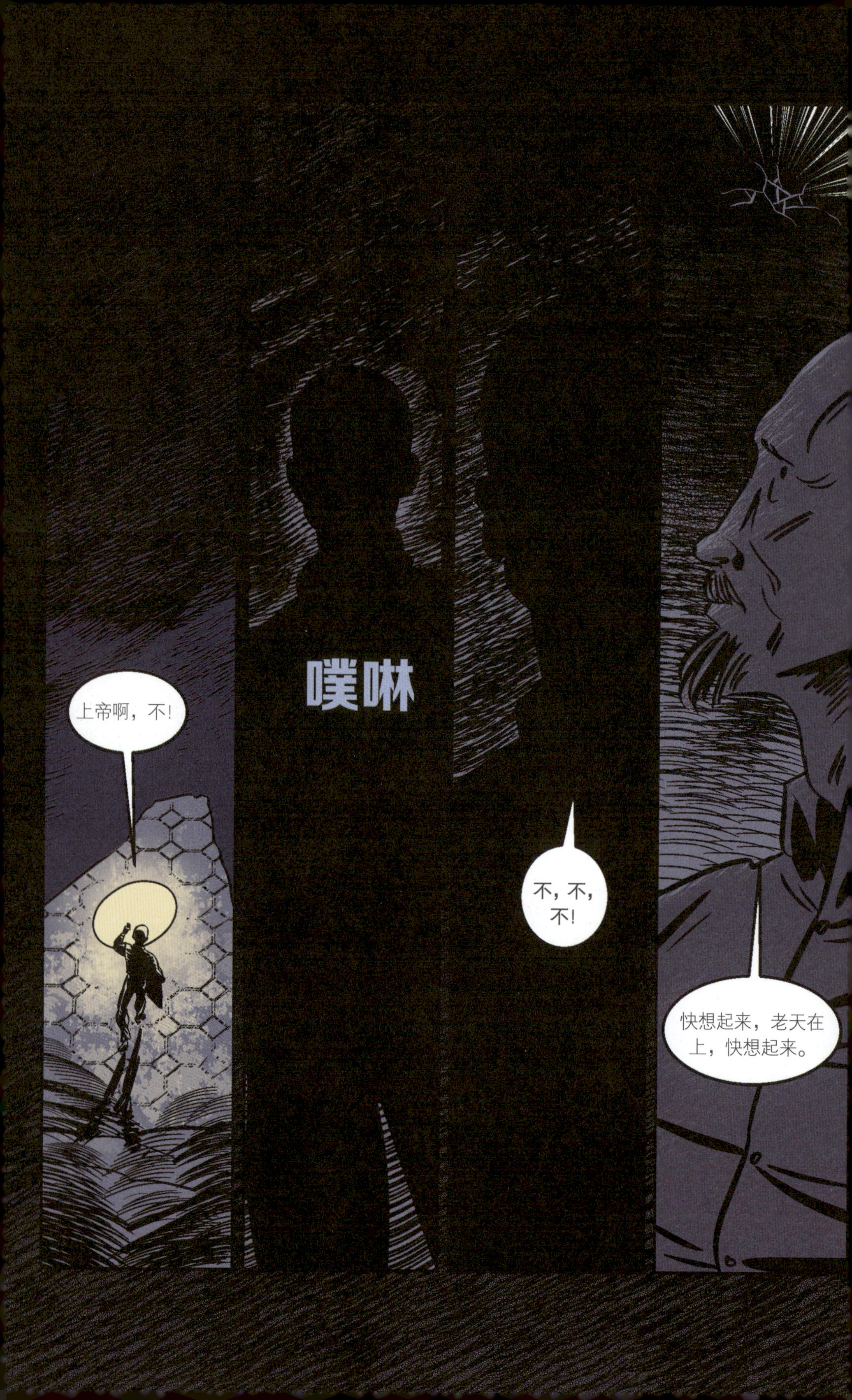
上帝啊，不！
噗咻
不，不，不！
快想起来，老天在上，快想起来。

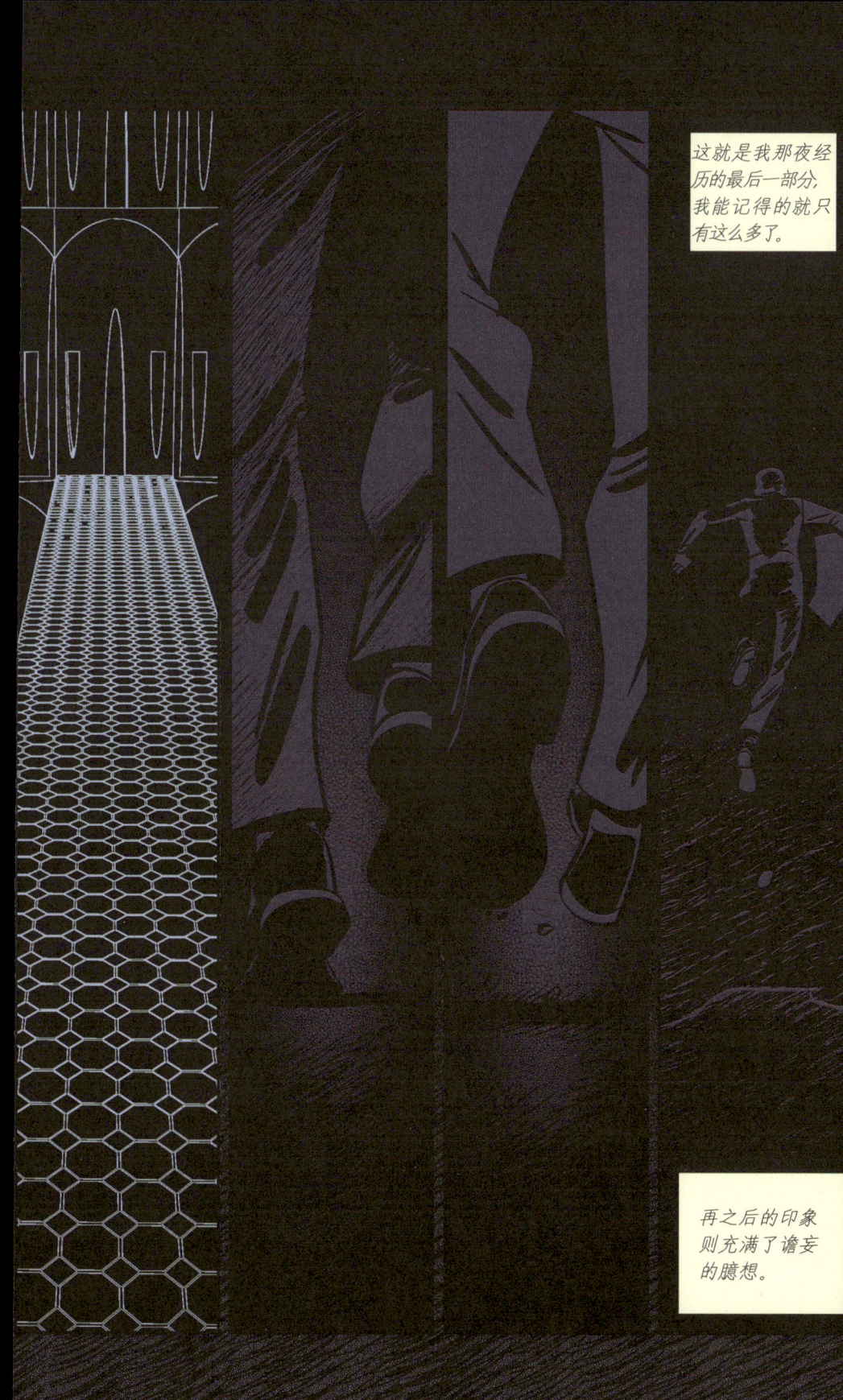

这就是我那夜经历的最后一部分,我能记得的就只有这么多了。

再之后的印象则充满了谵妄的臆想。

当我坠入黑暗时，宇宙的秘密从我脑中闪过。

我知道的某些事情，甚至是之前那些最癫狂的梦境也不曾暗示分毫。

与此同时，潮湿水汽的冰冷手指抓住了我，将我提了起来，那怪诞、可憎的风声在黑暗中魔鬼般地尖叫着。

飒飒飒飒

在那之后，我在幻觉中看到了梦里的那座巍峨城市——不是它的废墟，而是我梦见的那个样子。

我再度回到了自己非人的身体里，混在伟大种族与其他被俘获的心智之间。

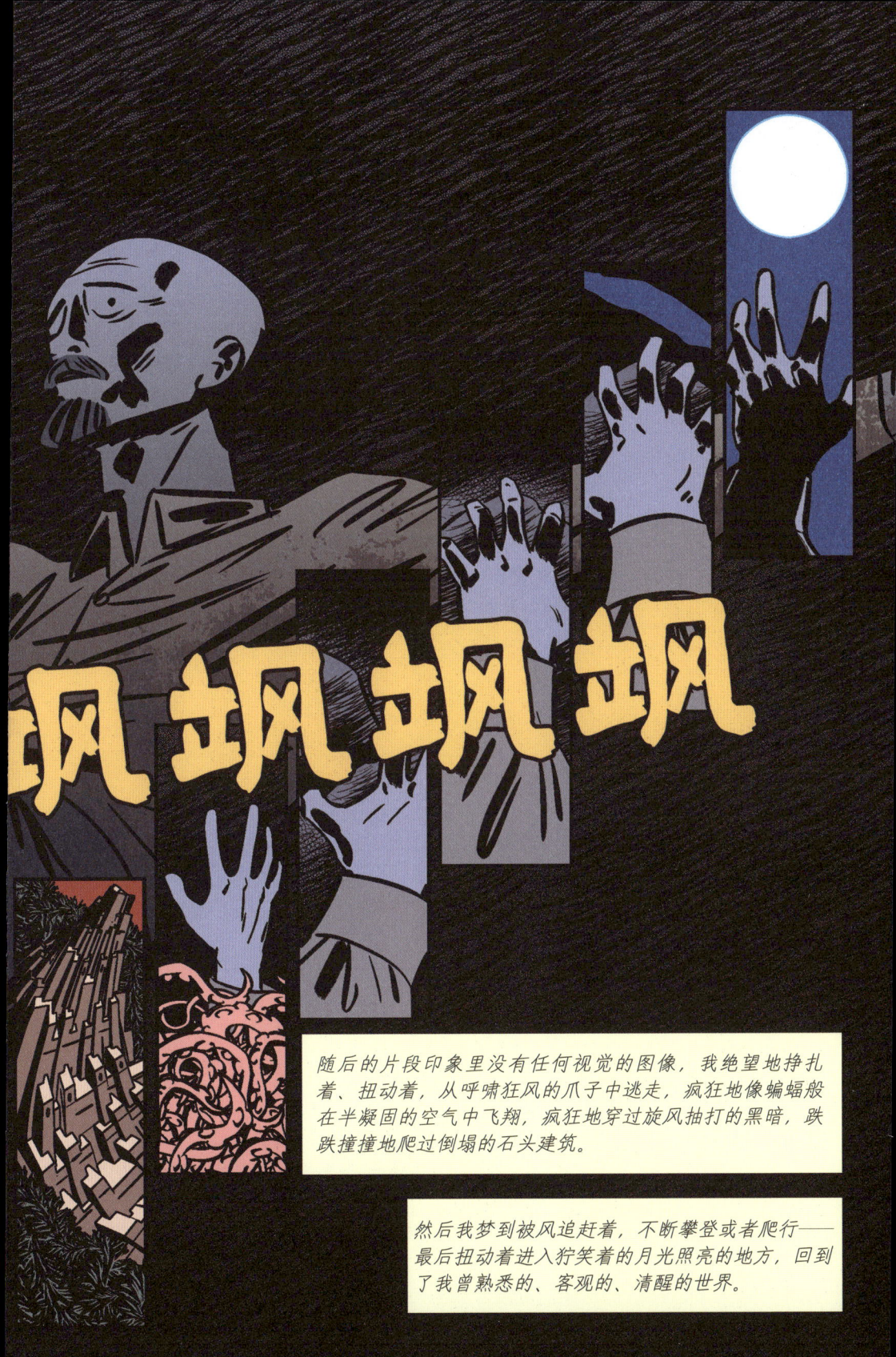

随后的片段印象里没有任何视觉的图像，我绝望地挣扎着、扭动着，从呼啸狂风的爪子中逃走，疯狂地像蝙蝠般在半凝固的空气中飞翔，疯狂地穿过旋风抽打的黑暗，跌跌撞撞地爬过倒塌的石头建筑。

然后我梦到被风追赶着，不断攀登或者爬行——最后扭动着进入狞笑着的月光照亮的地方，回到了我曾熟悉的、客观的、清醒的世界。

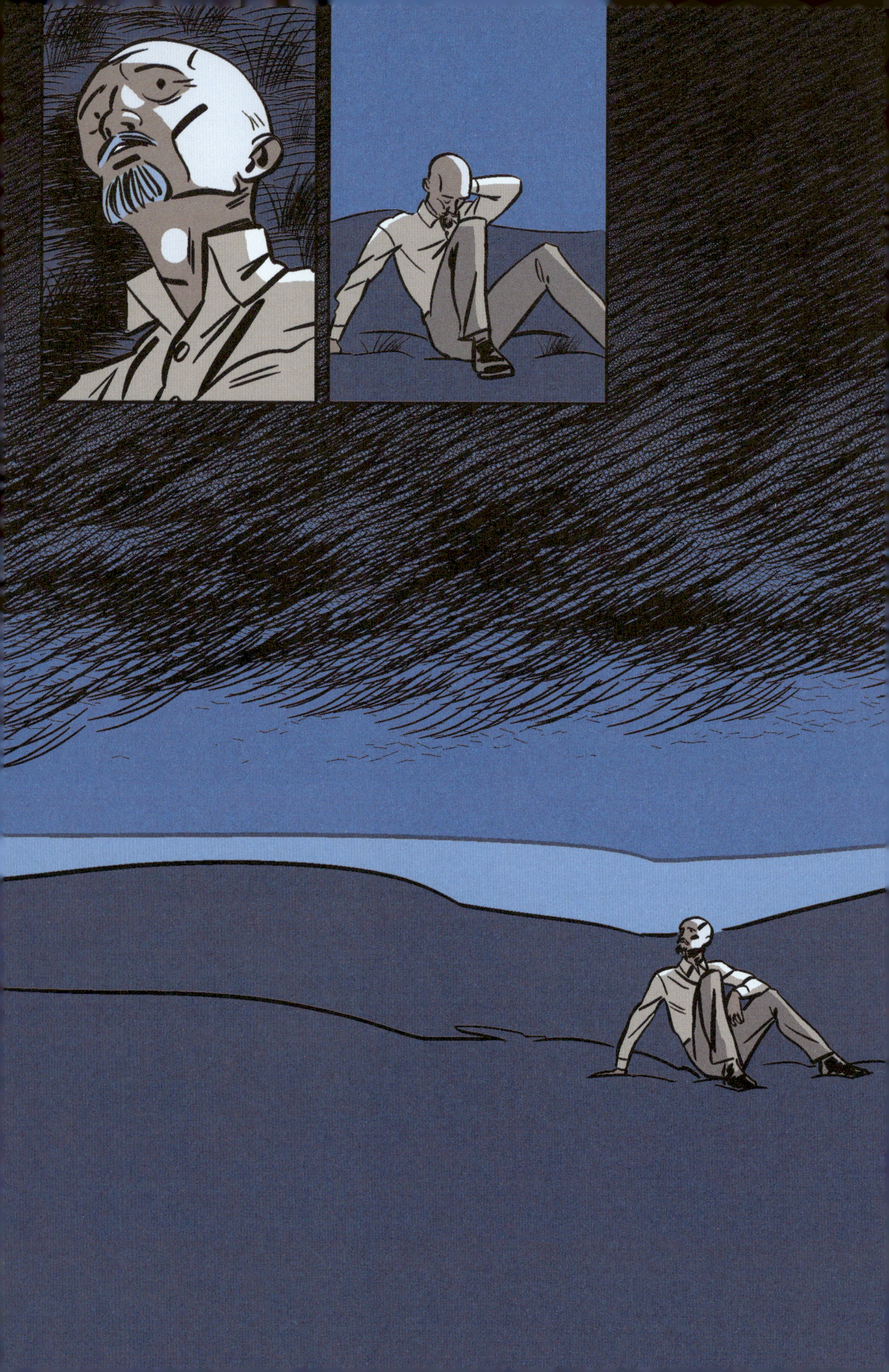

我到底经历了什么?

噗啉

| 难道我仅仅是在沙漠里崩溃了,并且拖着被梦境折磨的躯体在沙地与毁坏的巨石间走了好几英里? | 或者我的心智真的被带去了一亿五千万年前那个非人的世界? | 难道一个来自古生代的可怕异族心智曾跨越时间的鸿沟寄宿进了我的身体里? |

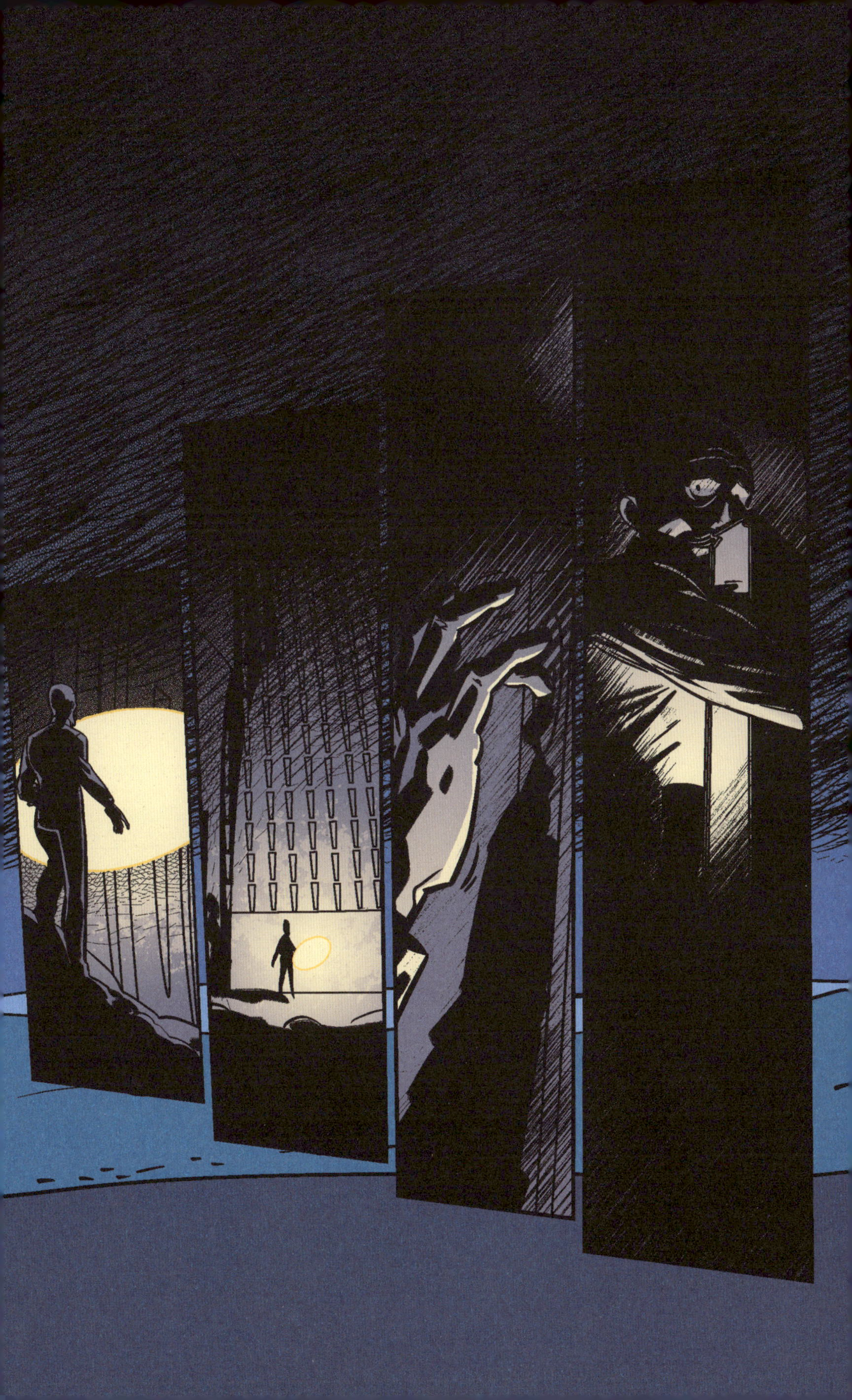

如果那个深渊以及它所包含的东西都是真的，那么，你——我亲爱的温盖特——就是我唯一的希望。

因为有一片难以置信的超越时间之影正嘲弄地俯瞰着我们人类的世界。

·温盖特·皮斯利是
乔纳森·皮斯利与汉娜·（温盖特）皮斯利的儿子，他们在黑弗里

图书在版编目（CIP）数据

超越时间之影 / (美) H.P. 洛夫克拉夫特著 ; (英)I.N.J. 卡尔巴德绘 ; 竹子译 . -- 北京 : 北京时代华文书局, 2019.10

书名原文 :The Shadow Out of Time

ISBN 978-7-5699-3175-4

Ⅰ . ①超… Ⅱ . ① H… ② I… ③竹… Ⅲ . ①科学幻想小说—美国—现代 Ⅳ . ① I712.45

中国版本图书馆 CIP 数据核字 (2019) 第 260947 号

北京市版权著作权合同登记号 图字 : 01-2019-1908

First published in 2013 in English by SelfMadeHero
139-141 Pancras Road
London NW1 1UN
www.selfmadehero.com

Original story by H. P. Lovecraft
Adapted and illustrated by I. N. J. Culbard
Edited by Dan Lockwood

The Shadow Out of Time © 2013 SelfMadeHero
All rights reserved. No part of this book may be used or reproduced in any manner whatever without written permission.

超越时间之影
CHAOYUESHIJIANZHIYING

作　　者｜[美] H.P. 洛夫克拉夫特
绘　　者｜[英] I.N.J. 卡尔巴德
译　　者｜竹　子

出 版 人｜陈　涛
策划编辑｜黄思远　王雅观
责任编辑｜黄思远　王雅观
装帧设计｜迟　稳
责任印制｜刘　银　范玉洁

出版发行｜北京时代华文书局 http://www.bjsdsj.com.cn
　　　　　北京市东城区安定门外大街 136 号皇城国际大厦 A 座 8 楼
　　　　　邮编：100011　电话：010 - 64267955　64267677

印　　刷｜小森印刷（北京）有限公司　电话：010 - 80215073
　　　　　（如发现印装质量问题，请与印刷厂联系调换）

开　　本｜787×1092mm 1/16　　印　张｜7.75　字　数｜66 千字
版　　次｜2020 年 6 月第 1 版　　　印　次｜2020 年 6 月第 1 次印刷
书　　号｜ISBN 978-7-5699-3175-4
定　　价｜59.90 元

版权所有，侵权必究